リーゼロッテ・
クンツェンドルフ
コータ

カイ
ユーリ
（オオカミ熊）
フィアナ

異世界に魂だけ召喚されたので、無能魔女の使い魔（ぬいぐるみ）として生きます

そら・そらら

ぶんか社

CONTENTS

第一章

ある日突然、俺は人間じゃなくなった。


自分で言うのもなんだけど、俺はごく普通の高校生だ。

特に取り柄があるわけでもなく、代わり映えしない高校生活を送るだけの日々。その日も、特に予定があるわけでもない放課後を迎えた。

友人に「また明日」と、声を掛けたり掛けられたりしながら校舎を出る。

そのまま家へ帰ろうとしたその時、不意に視界が暗転した。

どこに目を向けても真っ暗。何も見えないどころか、さっきまで自分が立っていた地面すら消えて、宙に浮いているような感覚。

現実感のないこの状況に混乱しながらも、どうにかできないかと首や手足を必死で動かして、周囲をあちこち見回す。暗闇以外の何かが見つからないか、と。

そうやって体を動かしているうちに、なんだか肉体の感覚すらなくなっていくような気がした。

俺は本当に首を動かせているのか、自信が持てない。

ただ体がなくなって、意識だけがそこに浮かんでいるような気がして――。

――い！　おーい！　こっちだよー！

その時、声が聞こえた。若い女の声だと思うけど、声の主の姿は見えない。その代わりに、視界に小さな白い点のような光が見えた。

それは本当に小さく頼りない光だった。

――こっちこっち！　早くおいで！

声は光の方から聞こえてきているように思えた。

その声のどうにも気楽そうというか、緊張感のないような様子に違和感を覚える。けれど他に、この状況を脱するためのヒントもなく、否応なしに縋《すが》るしかない。

俺はあるのかもわからなくなっている手を、光の方へと伸ばした。

途端に視界が開けて――俺は森の中にいた。

そこは周囲を木々に囲まれた中にぽっかりとできた空き地だった。それから次に視界に入ったのが、

「おおおおお！　やった！　ほんとに召喚できた！　よし！　これでみんなも、わたしのこと見直すし、もう無能なんて誰にも言わせないんだから！」

こちらを見つめながら、勝ち誇ったような表情を浮かべる少女だった。

ゲームに出てくる魔法使いみたいなローブを着て、しゃがんでこちらを見下ろしている。

薄い金色をした、耳が隠れるぐらいのショートヘア。年は俺と同じぐらいだと思う。

さっき闇の中で俺を呼んでいた声と感じが似ているし、あれはきっと彼女なんだろう。

それにしても、彼女の姿に何か違和感がある。

とりあえず何者かはわからないけれど、言葉が通じる相手だし、事情を多少なりとも知っているようだと判断した俺は、声を掛けることにした。

「あの。これはどういうことなんでしょう」

「喋《しゃべ》った⁉　そっかー。言葉が話せる高位の使い魔かー。いやー。こんなのを召喚できてしまうなんて、わたしやっぱり優秀なんですね！」

「話を聞いてほしいなー」

その子は俺の話に耳を貸さず、しかし俺が日本語を話したという事実だけを見出して何か喜ばしいことだと思ったのか、立ち上がって、あんまりない胸を張る。

ローブの下のワンピースはスカート状に広がっていて、見上げる形になった俺は目を逸《そ》らしつつ滑るように後ずさる。

……うん？　見上げる？　滑るように後ずさる？

そこでようやく、彼女を見た時の違和感の正体に気づいた。

目の前の少女は、魔法使いのコスプレをしている以外は普通の女の子に見える。しかし妙に大きい。俺を見るのに視線を落としている。もしかしてこの子は巨人なんだろうか。

それから、俺に手足の感覚がないことに気づく。じゃあなんで後ずされたのかといえば、「こっちに行きたい」と思ったら自然と体が滑るように動いたからだ。非常におかしな感覚だけど、そうとしか言いようがない。

自分が今どんな状態なのか気になるけれど、下を見ても自分の体は目に入らない。

代わりに、地面に描かれた複雑な紋様が見えた。円に沿って呪文の描かれた魔法陣的な何か。なんだこれは。

魔法陣は気になるけれど、今は自分の体の方が深刻に思える。手足がない、または動かせないから、詳しい状態を確認することもできない。鏡やそれの代わりになる物も見当たらない。スマホのインカメって案を思いついたけど、そういえば手が使えないとすぐに思い直す。そもそも今、自分がスマホを持っているかどうかもわからない。

仕方がない。目の前の女に聞くしかないか。

「なあ。今の俺、どんな格好してる?」

さっきは下手に出て敬語なんて使ったけれど、なんとなく「こいつにそういうのは不要」と思い始めていた。幸いなことに、彼女は気を悪くせず今度こそ俺の質問に答えてくれた。

「どんなって……青白い炎みたいな……あ、もしかして精神だけこっちに来ちゃったってこと? あー、ごめんね。時々あるらしいよね。精神だけこっちに来ちゃう妖精さん。そういう場合は、こっちの世界で何かに憑依《ひょうい》しないと長い間生きられず、すぐに消滅してしまう……うん、わたし知ってる、偉い! ちょっと待っててねー」

人のこと妖精呼ばわりしたあげく、うっかり消滅の危機を迎えていたらしいことを軽い口調で言ってしまう。ついでに自分を褒めることを忘れない。この子のこと、信頼していいものかは大いに疑問である。とはいえ、このままだと俺、消えるらしい。

どうしたものかなと悩んでいる俺の心中など、この子にはわからないようだ。荷物が入っているであろう鞄《かばん》の中をガサゴソと探した後、何かを取り出して俺に見せてきた。

「はい。この人形貸してあげる。猫さんでいいよね?」

「……というと?」

少女が鞄から出したのは、猫の形をした布製の人形。四足歩行はしないであろう、テディベアのような形に手足の付いたものだ。

余った布で作ったのか、ところどころツギハギで布の柄が一定しておらず、顔はボタンを目に見立て、口は小さな三角の布を当てて縫ったような簡単な物だった。

中に入れている綿なりなんなりの量が少ないのか、ちょっと薄っぺらい。大きさは、少女の手のひらから少しはみ出る程度。

本人は人形と言ったが、ぬいぐるみと言った方がいいかもしれない。そしてそれを「はいどうぞ」という風に差し出してきた。

いやいや。そのぬいぐるみを、俺はどうすればいいんだ? 返答に困ってそのまま固まっていると、彼女は続けた。

「どうしたの? この中に入ればいいんだよ? じゃないと消えちゃう……あ、もしかして別の人形が良かった? 豚さんとかカエルさんとかもあるよ。ちょっと待っててねー」

「いや、猫でいい」

俺はこのままだとさっきも言っていたように、消滅の危機がある。だからこの猫に憑依しろってことらしい。

なるほど、この際体を選ばせてくれなんて贅沢《ぜいたく》は言わない。ていうかなんでもいい。

というわけで、さっさとぬいぐるみの中に入る。さっきのこの子の説明からするに、今の俺はいわゆる人魂みたいな状態だったんだろう。

そのぬいぐるみに触れると、吸い込まれるように中に入っていけた。

途端に体の感覚が戻ってきた。

もちろん元の俺のままとはいえないだろう。何しろぬいぐるみの体だ。短い手足は不便だし、体に比べて大きめの頭も妙に重い。

突然ぬいぐるみになるなどという考えたこともなかった事態に、慣れるまで時間が掛かるかなと思っていたら、不意に少女が俺の体を掴《つか》んだ。それも全力で。

「ぐえっ！」

「おー。フワフワ！　やっぱりわたしの作った人形は手触りがいい。これからよろしくね使い魔さん！　あ、わたしはリゼ。リーゼロッテって名前なんだけど、長いからリゼでいいよ。あなたはなんて呼べばいいの？」

「その前に手を離せ……苦しい」

「あ、ごめんごめん」

リゼと名乗った少女は喋っている間、俺の体を両手で弄《もてあそ》び続けていた。

俺が抗議するとようやく弄《いじ》るのをやめてくれ、手のひらに乗せてまともに会話ができるようにしてくれた。

「俺は桐原康太《きりはらこうた》。コータって呼ばれることが多いかな。それでリゼ……リーゼロッテさん」

「リゼでいいってばー。わたしとコータの仲じゃない！　使い魔だし！　これから長い付き合いになるんだからさ！」

なんでそんなに馴《な》れ馴れしいんだ。ていうか使い魔ってなんだ。いや、そんなことより……。

「なありゼ、俺はどうすれば元の世界に帰れるんだ？」

「へ？　帰る？　なんで？」

「なんでって……そりゃ、戻らなきゃいけないだろ。俺、さっきまで学校にいたんだぞ？　で、家に帰らなきゃいけないんだぞ？」

「へぇー。妖精の世界にも学校ってあるんだ。知らなかった。じゃなくて、もうコータはわたしの使い魔なんだから、この偉大なる魔女であるリゼ様と一緒に、なんか魔術の修行とかするの」

なんで偉大なる魔女が、今さら魔術の修行をするのだろう。それよりも、全く話が噛《か》み合っていない。

「俺は使い魔じゃない。だからお前と一緒に修行なんかしない」

「またまたー、そんなこと言って。召喚した魔女がこんなに美人だから照れて素直になれないんだな、このこのー」

片方の手のひらに俺を乗せながら、もう片方の人差し指で俺の頬を突っついてくる。ウザい。

「やめろ。照れてるとか、そんなことはない。俺は本当に使い魔じゃないんだ」

「え？　でも召喚したら来たよね？　異世界の、妖精の国から」

「異世界がなんなのかは知らないけど、俺は妖精の国から来たんじゃない」

「妖精の国じゃないなら、どこから来たの？」

「わからないけど、俺の世界には妖精はいない」

「つまり……あなたは妖精じゃない？」

「そう。人間だ」

「うそ……」

「ぐえっ」

リゼは力なく腕を下ろして、俺は地面に投げ出されてしまった。

とにかくちゃんと否定し続けていたら、なんとか誤解が解けたらしい。

俺は使い魔なんて訳のわからないものじゃなくて、普通の人間だと理解してくれただろうか。

リゼはしばらくその場に呆然とした様子で突っ立っていたけれど、不意に我に返ったように、

「いやいやいやいやいや！　そんなことはあり得ない……はず。だって魔導書の通りにやったんだから！　ちゃんと妖精の世界から使い魔が来るはず！　ちゃんとわたしに仕えてくれる奴！　こんな使えない人間が、しかも精神だけ来るとかありえない！」

「聞こえてるぞ」

使えないとは失礼な。

俺の言葉は無視して、リゼは地面に落ちている何かを拾う。それはボロボロになった本に見えた。

これがリゼの言う、魔導書ってやつなのか。

「召喚失敗なんてあり得ない。大丈夫、ちゃんと手順は正しいはず。魔法陣も間違ってないはず……。詠唱もちゃんと……あー、ちょっと噛んじゃったかも」

「それが原因じゃないのか？　ていうか、その魔導書を使って召喚ってやつをやるのか？　そんなにボロボロで大丈夫なのか？」

「ああ、それはいいの。召喚の魔術はこの魔導書一冊を使い切ってやるものだから。これも使ったからボロボロになってるの」

どうやら召喚の儀式を始める前は、その魔導書は新品の形をしていたらしい。儀式によって何かが消耗して、こんなにボロボロになったのだと。

「魔導書に込められた術式と正しい手順と魔法陣。そして何より、わたしのような優秀な魔法使いの魔力によって、妖精の世界から使い魔になる妖精を一体連れてくることができるの。ちなみに詠唱は術者の実力によっては省略可」

「リゼは優秀な魔女なのに詠唱しなきゃいけなかったんだな。しかも噛んだ」

「うぐっ！　ま、まだ大丈夫。大した問題じゃないから！」

なんにせよ、俺はこんな所にいたくはない。魔女気取りの女と一緒にぬいぐるみの体で過ごすなんて、こんなに特殊すぎる放課後の過ごし方はごめんだ。

なんとかして元の世界に戻してもらわないと。

そういうわけで、魔導書とにらめっこしながら何が間違っていたのかを考えてブツブツと言っているリゼを少し見守る。すると突然彼女は膝から崩れ落ちて、地面に座り込んだ。

「あ……やっちゃった」

「おいどうした」

「魔法陣……思いっきり描き間違えてた……そっかー。ここ、星だって思ってたけど違ったかー。うわー。ここも術式思いっきり間違ってた。そっかー」

俺の下にあった紋様――魔法陣にも正しい描き方があるらしい。当然か。そして間違えていたのなら、正しい召喚なんてできないだろう。

「結局はお前の無能さが原因だったか」

「うー。それは……そうかもしれないけど。でも、惜しいところまでは行ってたんだよね。だから妖精界じゃなくて別の世界にゲートが開いた。コータの世界に。そして、人間であるあなたが連れてこられた。妖精じゃなくてね」

妖精界がどこなのかはわからないが、少なくとも俺の世界に妖精はいないから惜しいとは言えない。

いやそれよりも重要なのが。

「原因がわかったのはいい。それで俺は帰れるのか？　俺の元いた世界に」

「無理」

「おい！」

この女口数が多いのに、肝心なところは『無理』の二文字だぞ。酷《ひど》くないか？　と思ったらそのまま続けてくれた。

「戻す方法を知らない。そんな方法があるのかどうかすら、よくわからない。あるにしても、たぶん同じように専用の魔導書が必要かな。でもそんな物、わたしは見たことない」

つまりまとめると、俺は二度と元の生活に戻れない。それは困る。

別に戻ったところで、大事なことがあるわけじゃない。俺にあるのは平凡な高校生活だけだ。それでも別世界でぬいぐるみやるよりはずっといい。

というわけでなんとか帰れないかと、魔法陣の所に走ってみる。けれどそいつは、もはや地面に描かれた模様でしかなくなっていて、うんともすんとも言わなかった。

絶望的な状況じゃないか。夢なら覚めてほしい。

しかしそんな俺の心中などまったく意に介さず、リゼは話し掛けてきた。

「ねえそんなことより。あなた魔法とか使えない？　元いた世界では有名な魔法使いだったりして」

「そんなわけないだろ。俺のいた世界に魔法なんてないぞ。魔法って言葉の意味はわかるが」

そんなものフィクションの中にしかない。そもそもリゼが魔法使いだの魔女だのを自称していること自体、まだ信じられない。

もちろん、俺が学校から森の中なんかに瞬間移動して、こんな体になった現状を考えれば、受け入れるしかないのだけど。

そんな感じのことを伝えたら、リゼは頭を抱えてしまった。

「そんな……うぅっ。せっかくのわたしの完璧な計画が……優秀な使い魔を連れていくことでわたしも優秀な魔女扱いされてみんなから褒められるし、有名になって歴史にも名を残すっていう、完璧な計画が最初からつまずいてしまうなんて」

「ずいぶん不純な動機だな」

ものすごく個人的な欲望のために、俺はこんなことになったのか。

頭抱えたいのはこっちだ。というか、どこが完璧な計画だ。

そうやって、頭を抱えてうずくまっているリゼをしばらく見つめていた。ややあって、彼女はゆっくり立ち上がる。

「どうした？　立ち直ったか？」

「旅に出ます。探さないでください……」

「おい！　どこ行く!?」

リゼはフラフラとよろめきながら、茫然《ぼうぜん》自失の様子で歩き始めた。どう見ても目的がある歩き方じゃない。ただ歩くだけ。

ここは森の中にできた空き地だ。リゼがどっちへ歩こうが、木々が鬱蒼《うっそう》と茂る森の奥深くへ入っていくことは確実。

そんなことになれば、俺は間違いなくリゼを見失う。それはまずい。こんな変な女でも、俺がここで唯一頼れる人間だ。彼女とはぐれたら、俺はぬいぐるみの体で独りでこの世界を生きることになる。そんなのは御免だ。

「おい待て！　止まれ！　ああもう！」

仕方ない。リゼを追いかけることにした。元から足に自信があったわけではないけど、ぬいぐるみの短い足では速さが出なくてもどかしい。

もっと速く。そう心の中で念じた。すると、

「うわっ⁉」

急に加速が生じた。走っているというか飛んでいる。何かにぶん投げられたような感覚。そのまま俺の体は、リゼの方に飛んでいって――、

「ぐえっ」

いつの間にか立ち止まっていたリゼの背中に激突した。

ぬいぐるみの体だからお互いに痛みはないけど、ぶつかった時の衝撃や苦しさはある。

「おい。事情はわからないけど俺を置いていくな。こんな体の俺を独りにしないでくれ」

「あわわ……どうしようどうしよう」

「うん？」

返事をしてくれないのはもう慣れたけど、それでも様子がおかしい。見上げた彼女の背中が震えていた。

召喚の失敗がよほどショックだったのかと思いながら、背中を登ってリゼの肩に乗る。

リゼは俺のことにも気づかず、前を見て震えていた。その視線を俺も追い、絶句した。

怪物が目の前に立っていた。

それは、リゼの身長よりも倍ほど高く、やたらと太っていた。顔は豚のようで肌の色はくすんだ深緑色。清潔感とは程遠い身なりからは異臭が漂う。手には太い棍棒《こんぼう》。

こいつは、それこそファンタジーに出てきそうな。

「オークだ。初めて見た……」

リゼが俺の思っていたことを代わりに口にした。

オークは、一体だけで森の中から出てきた。こちらとの距離は四メートルほどで、向こうもこちらに気づいている。すぐに襲ってくるようなことはせず、何事か思案している様子だった。

考えた末に一体どうするのだろうかって？　たぶんオークにとって、リゼみたいな若い女の子は恰好の獲物だ。襲わない選択肢はないだろう。

恐らく奴が考えているのは、俺たちに他に仲間がいないかとか、どう仕留めようかとかそんな内容のこと。結局のところリゼを襲うことは確定事項に違いない。

敵は棍棒を振り上げながら、ゆっくりこっちに歩いてくる。

「あわわわわ。どうしよう。逃げ……じゃない。戦わないと。杖……杖？」

敵意を持っている相手に混乱しながらも、リゼは戦う覚悟を決めたらしい。視線を敵から逸らして周りをキョロキョロと見回す。杖と言っているけど、魔法の杖のことだろうか。

「あう……あんな所に」

魔法陣のそばに置いているリゼの鞄。そのすぐ横に、長さ一メートル弱の細長い木の棒が見える。先端に装飾と宝石のような物が付いたそれが、魔法の杖だということは容易に想像が付いた。

杖はここから離れた場所にある。もし取りに走れば、オークに背を向けることになって危険。それぐらいは混乱しているリゼにもわかったらしい。

「わ、我が杖よ！　我の元に来たれ！」

オークを睨《にら》みながら杖に手のひらを向けそんなことを叫ぶリゼ。杖をこちらに呼び寄せる呪文だろうか。

呪文を受け、杖がピクリと動いた。けど、それだけ。リゼの手に来たりはしない。

「あう……仕方ない、杖なしで！　えっと、えっと……炎よ集《つど》え！」

今度は両手を広げて、オークに向けて叫ぶ。俺からは手で遮られてよく見えないけど、リゼの手の前にパチパチと火の粉のような物が発生しては消えてを繰り返している。

魔法についてはよくわからないけど、戦いのための武器としてはあまりにも頼りなく思えた。

「燃やし、砕け！　ファイヤーボール!!」

リゼがそう叫ぶと同時に、その火の粉が一箇所に固まってオークの方へと飛んでいく。けれどそれは、オークにぶつかる前にほとんど全部が掻《か》き消えてしまった。

当然ながら、オークにダメージなど与えられていない。しかしオークは、魔法で攻撃されたということは把握したようだ。

「オオオオオ！」

ダメージがなくとも歯向かわれたこと自体が気に障ることだったのか、突如としてオークは激高し、棍棒を振り上げて咆哮《ほうこう》した。

ゆっくりと歩み寄っていたのが駆け足になり、一気にこちらへ接近し、棍棒をリゼ目掛けて振り下ろす。

リゼも咄嗟《とっさ》にバックステップを踏んでこれを回避。あの太い棍棒が当たったら、ひとたまりもないだろうからな。回避できたのはいいが、こういう動きに慣れていないのかリゼは思いっきりバランスを崩して転倒してしまった。

そして俺はというと。

「ぐえっ。ああ、さっきからこんなのばっかり……」

リゼの肩に乗っていただけの俺は、そのまま地面に投げ出されてしまう。急いで立ち上がってリゼの顔の前まで行く。

「おいリゼ。大丈夫か？　立て。逃げるぞ」

リゼの戦いを黙って見守っていたけど、この状況はよくわかる。リゼに勝ち目はない。となれば逃げるしかない。だからそう提案したけど、リゼの反応は弱々しいものだった。

「できない……今ので足ひねった……」

「おい、マジか」

リゼは動けない。けれど敵はそんな事情を考えてはくれない。オークは今度こそ獲物を仕留めるべく、再度棍棒を振り上げてくる。さっきまでリゼの肩の上から見ていたオークは、地面から見上げると恐ろしいほどの巨人に見えた。

「コータ、あなただけでも逃げて……」

「っ！　それは……」

正直なところ、それが最善の手だろう。

目の前のオークに対して、勝つ手段なんてない。逃げるしかない状態でリゼはそれができない。

ならば、こんな変な奴は見捨てて自分だけ逃げればいい。元の世界に戻る前に死ぬなんて御免だし。

でも。

「できるかそんなこと！」

気づけば俺は、叫びながらオークの前に出ていた。

たぶんこの後すぐに、俺は死ぬだろう。そしてすぐにリゼの番が来る。俺のこの行為は、リゼが死ぬ時間を少し先延ばしただけに過ぎない。

それでも女の子を見捨てて一人逃げるなんて、そんな後味の悪いことをする気にはなれなかった。

馬鹿なことをしていると自分でも思う。でもどうやら俺は、思っていたほど薄情な人間じゃなかったらしい。

オークがこっちに向けて棍棒を振り下ろしてくる。ああ、今からでもなんとかできないかな。生き残る策はあるかな。ないだろうな。

さっきリゼは何をしてたっけ。手のひらをオークに向けて、それからなんて言ってたっけ。確か、確か――。


――炎よ集え。燃やし、砕け。ファイヤーボール。

その詠唱を思い出した瞬間、俺の体は後ろに吹っ飛んだ。

最初は、これで終わりかと思った。けれど——。

「ぐえっ！」

何度か地面に落ちる感触を味わい、何度か変な声を上げた俺は、もしかすると自分がまだ生きているのかもと希望が持てた。

「コータ！　ねえ、コータ！　生きてる!?　返事して！」

ああ。リゼの声も聞こえる。その声に応えて、俺は目を開けて起き上がった。

さっきまでと同じ光景。森の中にある、周りを木に囲まれている空き地。嫌でも風景を覚えてしまった。

リゼは十メートルほど離れた所で上体を起こしてこちらへ呼び掛けている。幸いなことに生きているようだった。

次に感じたのは臭いだった。肉が焼けるような香ばしい臭い。その正体はわからないけど、リゼのいる方からそれが漂ってきているらしい。

そういえばオークはどうなった？　リゼの向こうに何か大きな物が横たわっているけど、もしかしてあれなのか？

一体、何が起こったのかわからない。答えを確かめるために俺は走った。ああ、この足はやっぱり遅い。

リゼの所まで走ってわかったけど、横たわっていたのは本当にオークだった。ついでに言えば臭いの発生源もこいつだった。見る限り、既に死んでいるようだ。

本当に死んでいるのかちゃんと確認したわけじゃない。触って反応を見るなんて芸当、怖くてやる気が起きないけれど、黒焦げの上半身は胸の辺りに大穴が開いたような状態になっていて、その上にあるはずの頭が消えている。ここまでやればさすがに死んでいるだろう。

胸の断面をよく見ればピンク色の肉が……やめよう。グロいのは苦手だから目を逸らす。

「助かったみたいだな。何があったかわからないけど」

「ほんと？　もうオークいない？」

「いないと思う。とりあえずこいつは死んだ。とりあえずリゼ、今は」

「うえええええええええ！」

「ぐえっ！」

危機は去ったと理解した途端、リゼは大声で泣きながら俺の体を抱き締めた。両腕で、力加減なしの全力で胸に押し付けられる。

当然俺は苦しげな声を上げるけど、お構いなしだった。

「怖かった！　怖かったよぉ！　うえええええん!!」

「わかった、わかったからとりあえず泣き止《や》め。な？」

今のオークの仲間がいれば、鳴き声を聞き付けてこっちに来るかもしれないと思い、俺はリゼを泣き止ませようと焦った。だが、それは杞憂《きゆう》だったようで、幸い仲間が来ることはなかった。

それにしても俺がどうやってオークを倒せたのかもわからないし、そこら辺もこいつから話を聞きたい。でも今は泣き止むのを待つしかない。

ああ、ウザい……。

☆☆☆

日が傾いて空が暗くなり始めた頃、リゼはようやく落ち着きを取り戻してくれた。

魔法があるような世界でも普通に、俺が元いた世界と同じような夜が来るんだな。などと考えていると、リゼがようやく俺を解放してくれた。ひねった足の痛みも引いたらしい。

「もう大丈夫なのか？」

「ぐすっ……うん。大丈夫、大丈夫。ねえ、一つ聞いていい？」

地面の上に立つ俺を座ったまま見下ろしながら、リゼが尋ねる。彼女の質問の前に、俺は逆に尋ね返した。

「いいけど、もうすぐ夜だぞ。どうするんだ？　家に帰らなくていいのか？」

俺のいた世界でも、夜にぬいぐるみを連れた女の子が独り外の森にいるなんていうのは危ない。オークなんて出てくるような世界なら、なおさらだろう。

だけど、リゼは最初から家に帰るという選択肢は持ってないように見えた。こうして暗くなるまで俺を抱いて泣いていたし、今だって焦る素振りも見せない。どういうことなのか気になったから尋ねざるを得なかった。

「家？　そんなのないよ？」

「どういうことだおい」

さっきまで泣きじゃくっていたはずの女の子が、今度はけろりとした顔で言い切った。

なんだよ家がないって。ホームレスか？　にしては全体的に身なりはきれいだし、やつれている様子もない。

「まあなんていうかなー？　天才で偉大な魔女のわたしには、家なんて必要ないって感じかな？」

「いや、いるだろ。普通にいるだろ。じゃあ今夜は野宿するのか？」

「んー……実はここからしばらく東に行った所に村があるらしくて、本当はそこを目指してたんだけど。でも今から行っても、着くのは夜中になりそうだね。よし、野宿するよコータ！」

どこまでも明るく言い切るリゼ。

結局野宿なのか。村があるとか、ちょっとだけ期待させるようなこと言って結局野宿か。いや、こいつの言うことをまともに聞いても仕方ない。だんだんわかり始めてきた。

「それでコータ。野宿って何すればいいんだっけ」

「知るかよ！　ていうかお前、野宿したことないのにやるなんて簡単に言ったのか？　ていうか野宿未経験で家もないって、今までどうやって暮らしてきたんだ」

「薪《まき》を集めて焚《た》き火して、みんなでそれを囲んで夢とか話し合うんだっけ」

「人の話を聞けー！　ていうかなんだよ、夢を話し合うって！」

「違うの？　お話で読んだことがあるんだけど。世界を救うために旅する勇者様たちが、夜は野宿してみんなでいろんなことを話し合うの！　なんかかっこよくて、憧れるよね！」

「呑気《のんき》だな！　こんな状況なのに呑気だな！」

ダメだ。だんだん怒るのも疲れてきた。

とにかく、野宿するなら焚き火は必要だろう。さっきみたいなオークがまた近付いてきても、明かりがなければこっちも気づけない。それに野生の獣は火を恐れるらしいし。

明かりがあるなら、逆にこっちの存在を知らせることにもなるんじゃないかとも思うけど、だからこそ見張りを立てる必要があるんだろうな。

誰か一人が寝ずに周囲を警戒して、他の仲間は交代で寝る。

それをやろうにも、今は俺とリゼしかいないっていうのが、無茶苦茶不安だけど。

「えっと……薪ってどうやって集めるんだっけ？　木を切ればいいの？」

「そんな時間ないし、やり方もわからないだろ？　落ちてる枝を拾えばいいんじゃないか？」

「なるほど！　コータ頭いいね！　わたしほどじゃないけど！」

もはや突っ込む気力もなくなってきた。とにかくリゼを急《せ》かして、完全に暗くなる頃には、周囲の森からなんとかまとまった量の枝を拾うことができた。

「早く火をつけるぞ。もう完全に夜だ」

月明かりのおかげで完全な暗闇ではないけど、早いところ火をつけたいのに変わりはない。リゼは任せてとばかりに、鞄のそばにあった魔法の杖を手に取り。

「炎よ集えー」

杖を両手で握り、薪の山に先端を向けながらそう言った。杖の先端が微《かす》かに光っている。さっきオークに向けてやっていたのと同じように、杖の先に火の粉が集まってやがて小さな炎となった。

薪に着火するには、まだまだ小さすぎるそれを大きくしようとしているのか、

「むむむ……集えー。炎よ集えー。もっと集えー」

そのまましばらく、リゼは難しそうな顔をしながら詠唱を繰り返していた。

その甲斐《かい》あってか、確かに炎は大きくなってきている。そしてようやく着火。後は薪をくべて火を大きくしていけばいいだけだ。これ以上は魔法を使う必要はない。

「つ、疲れた……」

「おつかれ。なあ、魔法ってそんなに使いにくいものなのか？　ずいぶん時間掛かってたみたいだし」

さっきの小さな火を出すだけでもかなりの体力を消費したらしく、息が荒くなっているリゼを見て俺は尋ねた。

恐らく、マッチやライターを使う方が時間も体力も使わないし安定しているはず。この世界にあるかは知らないけど。

「ううん。上手《うま》い人は、もっと簡単につけられるよ。炎魔法って初歩だし。今のは……ちょっと調子が悪かっただけだから！」

「わかった、わかったから。もうそういうのはいい。おいリゼ、そろそろ教えてくれないか？」

「へ？　何を？」

「全部だ。この世界のこと。リゼのこと。なんでお前が俺を喚《よ》び出してこんな場所で野宿する羽目

になったのか。そこんところ全部」

「あー。なるほど。うん。そうだよね。お互いを知るのは大事だよね！　これから長い付き合いになるし！」

「長い付き合いにはなりたくないけどな……」

とにかくリゼの説明を聞くことにした。

☆☆☆

まずはこの世界について。リゼの住んでいるこの世界は、住んでいる彼女らから特に名前を付けられているわけではなく、単に『世界』と呼ばれていた。まあ、俺も住んでいる世界を具体的にどう呼ぶのかなんてわからないから当然か。

この世界が球体なのは彼らもわかっているらしい。俺の世界では住んでいる場所は星の一つであり、地球という惑星である……そう教えたが、それはリゼにはピンと来ないようだ。世界は世界、というのがこの世界での教育なのだろう。

昼間空に浮かんで世界を照らしている星の名前は太陽。夜に浮かぶ明るい星は月。ここら辺は俺の世界と同じか。

四季もあって、夏は太陽が出ている時間が長いし冬は短い。夏は暑いし冬は寒い。今はだいたい、初秋の頃らしい。

ああでも、四季があるということは、この世界の反対側では夏に寒い土地もあるってことなんだろうか。北半球と南半球の違いとか。地軸の傾きとか……いや、深く考えるのはやめておこう。ここら辺の授業、俺苦手だったんだよな。

俺のいた世界とここでは、科学技術のレベルの差がかなりある。具体的に俺の世界の歴史でいう、西暦何年ぐらいのレベルなのか、というのはちょっとわからないけれど。

とにかく、俺の感覚からすれば昔のレベルという感じだ。少なくともパソコンも自動車もない。馬車はあるらしい。ライターやマッチも存在しないという。それは魔法でどうにかできるから、そもそも不要なのかもしれない。

そうだ。一番重要なこと。この世界には魔法がある。それについて詳しく教えてもらおうか。

焚き火を二人で囲みながら、リゼに魔法について話してくれと言ったところ、リゼは少し躊躇《ためら》う様子を見せた。

「魔法ね。うん。話さないといけないよね。話すよ。話すってば」

そんな調子でしばらく逡巡《しゅんじゅん》してから、だいぶ歯切れが悪い様子で話し始めた。それを要約すればこうだ。

魔法と聞いて、俺の世界でイメージされるそのままの力が、この世界にはある。

何もない所に水を出して、風を吹かせて、電気を纏《まと》わせる。怪我や病気を癒やして、あるいは敵を傷付け殺す。それから、今みたいに焚き火のための火を熾《おこ》す。

大規模なものになると世界の行く末を占うとか、天候を操ったりもできるらしいけど、そんなことができる大魔術師は現在はいないらしい。

そういった不可思議な力の総称が魔法。そしてその力を使える人間を魔法使いという。その魔法使いが女なら魔女と言い換えられる。呼び名が違うだけで意味は同じだ。

誰でも使える力じゃない。むしろ使える人間は、この世界でも少数派。だからこそ魔法使いは人々から尊敬を受けるし、その力を必要とされる機会も多い。

この力は親から子へと受け継がれるものだという。つまり、魔法使いを親に持つ子供は魔法使いの力を持っている。

となれば当然、かつて魔法により偉業を成し遂げた者が起源となり、その子孫たちも代々優秀な魔法使いを排出している家系、いわゆる名門と呼ばれるものも存在するのだという。そうそれは、

「わたしの家みたいにね！」

と、リゼがない胸を張ってドヤ顔をした。

さっきは家なんてないとか言ってたくせに、家柄は自慢するんだな。

「名門の生まれなのか？　それにしては魔法を使うのが……なんというか下手にしか思えないんだが」

「うぐっ……い、今は未熟でもいつかはすごい魔女になるんだから！　何よ！　信じてないの⁉　ちゃんと魔法学校にも入れたんだから！」

「わかったわかった。じゃあその辺りも教えてくれ。お前の家のこととか含めて」

☆☆☆

リーゼロッテ・クンツェンドルフ。それがリゼのフルネーム。古くから伝わるクンツェンドルフ家の現当主は、リゼの祖父だという。リゼの父親は当主の嫡男《ちゃくなん》で、すなわち次期当主。この父親には仲睦まじい奥さんとの間に、リゼ含めて五人の子供がいる。

上から、リゼの兄、姉、リゼ、妹、弟の順番だそうだ。両親は共に優秀な魔法使いで、だから子供たちの全員がその才を受け継いだ優秀な魔法使いの卵である……はずである。

「全員が、ね」

「何かな⁉ わたしだって優秀になるはずなんだから！ お兄ちゃんは既に魔法学校を首席で卒業して、王様のお城で働いてるんだから！ お姉ちゃんも来年卒業だけど、首席は間違いなしって言われてるし、妹も弟も……うぐぐ」

「どうしたんだ？」

「い、妹は……とびきり優秀で、飛び級して、魔法学校の規定年齢より下なのに特別に入学させてもらえた。今二年生。弟はそれ以上にすごいみたいだから、やっぱり飛び級しそう。ぐぬぬ……」

「きょうだいみんな優秀っていうのは本当なんだな。リゼは？」

「わ、わたしは……飛び級とかできなくて……規定年齢に達してから、ようやく入学できた……つい数日前のこと……」

「ああ。つまりリゼ、妹の後輩になったんだ」

「ぬあああああ!!　それを言わないで!」

リゼがジタバタと暴れ出した。

確かにそれは辛《つら》いと思う。魔法学校での立場もないだろう。

ちなみに規定年齢というのは、魔法学校は基本的に十六歳以上でなければ入学資格を得られないということらしい。

この世界には魔法学校はいくつかあるけど、そこは共通しているそうな。ただしとびきり優秀な成績だったり、あとは名門の家のコネとかで例外が発生するのは時々ある。

つまりリゼは今十六歳。なんとなく俺と歳は近いかと思ってたけど、同い年だった。

聞くところによれば、小さい頃からリゼだけが魔法の才能に恵まれていなかった。勉強はしていたから知識だけなら人並みにはあるけれど、実践がどうしても上手くいかない。

ゼロではない程度に魔力が弱い。これは体質的な問題らしく、後から努力して補うにも限界があり、自分ではどうしようもできない現実にリゼは直面し続けてきたのだという。

魔法学校は年齢に達すれば誰でも入れるわけじゃなく、試験をクリアしなければならない。希望の学校に入れない者もいるし、入るために余分に一年間勉強と鍛錬に励む者もいる。

そこは俺の世界でも似たようなことは聞く話だ。そしてリゼには明らかに、魔法学校に入れるほどの魔法の資質はなかった。

特にリゼの国でも最高峰の名門校とされている魔法学校、王立イエガン魔法学園に入るなんて不可能だと思われていた。

「まあ入れたんだけど」

「どうやってだ。実は優秀だからってのはなしだからな」

「む……えっと、筆記試験については普通にできたよ？　満点を取ったと言っても過言ではないね。

……まあ満点は言い過ぎかもしれないけど結構取ってたかな。うん、悪くない点数だと思う。平均点は超えてるはず。もし平均以下だとしても実技で挽回できれば……」

「大丈夫か、どんどん下がってるぞ。それに、実際に魔法が使えなきゃ意味ないだろ？　筆記試験は、ってことは実技もあるみたいだし。それはどうやったんだ？」

「できる魔法もあるんだよねー。ちょっと見てて」

自信満々といった様子で、リゼは鞄の中から何かを取り出した。厚手の紙の束だ。よく見ればカードらしい。そのうちの一枚を手のひらに乗せて俺に見せる。

「コータは知らないよね。ルカスナカードっていって、二十九枚一組で占いとかに使うの」

「似たような物は俺の世界にもある。タロットカードっていうけど……それで占いでもするのか？」

「違う違う。よく見ててね。この〝大将軍〟のカードが……」

リゼは手のひらで挟むように、武装して馬に乗った男が描かれているカードを持つ。焚き火に照らされている中でリゼは詠唱を口にする。

「大将軍よ。我が手から……消えろ！」

言いながら手を振る。すると確かにカードが消えていた。

「どう？　これがわたしの実力だよ」

「いや、それ手品だろ？」

「テジナ？　何それ」

「あれ、わからない？　マジック。奇術。仕掛けやトリックで現実ではあり得ないようなことを起こすのを見せてお客さんを楽しませるショー。そのカード、袖とかに隠したんだろ？」

「ななななな、何を言ってるのかな？　奇術なんかじゃないよ？　魔法だよ？」

「怪しい。というか、別に俺にインチキがバレてもいいだろ？　もう隠しごとはするな」

「むー。そういうことなら仕方ない」

リゼは渋々ローブの袖からさっきの大将軍のカードを取り出した。やっぱり手品じゃないか。手先が器用なのは認めるけれど、こんなものは魔法とは呼べない。

「この奇術で家族や先生は騙《だま》せたんだけどねー。お父さんもお母さんも、わたしの魔法の才能が……まだ開花していないことを心配して、入学は待った方がって言ってたんだけど」

「意地でも才能はないって認める気はないんだな」

「そこ！　うるさい！　でもまあ、この奇術を見せたら二人とも微笑《ほほえ》んでくれたよ。魔法学校に行って、自分の実力を知ってきなさいって」

「騙せてないな、それ」

ご両親が気を使ってくれているのが部外者の俺にもわかる。

この女は一体どうして、ここまで自分に自信を持てるんだろう。バカだからかな。

「で、実技試験でその手品を披露したのか？」

「そうだよー。試験の中身は初歩的な炎魔法で、ロウソクに火をつけてくださいっていう内容だったんだけど。ちょっと時間が掛かっちゃって失格になりかけて。仕方ないからこんなこともできるよって思って、さっきの奇術を見せてあげたの」

ああ、この女はバカなんだな。試験内容にないことをしてどうするっていうんだろう。あとたぶん、試験官の教師も騙せてないと思う。

「そりゃな。さっきも薪に火をつけるのにかなり時間掛かってたもんな」

「あの時は調子が……まあいいや。そんなわけで、わたしは見事に王立イエガン魔法学園に入学したのです」

「よく入れたな。というか、それって家の力を借りた裏口入学だろ？」

「何それ？　うらぐちにゅーがく？」

「気にするな。悪いことだって覚えとけばいい。さっき言ってたよな。それが数日前のことだって」

「うん。四日前だね」

「それがなんで、家なんてないって言いながらこんな所で野宿なんだ？」

「えーっとですね。それはですね……」

こんな風に急に話すのを躊躇うってことは、リゼにとって都合が悪いってことだ。

これ以上隠しごとをさせないために、強めに促す。

「正直に言え。今さら何聞いたって驚かないから」

「そう？　本当に驚かない？　あのね、学校を三日で退学になったの」

「だろうな」

「それだけ⁉　ねえ驚いてよ！　あり得ないでしょ⁉　三日だよ！　まだわたしの実力なんて何もわかってないはずのに、先生からあなたには才能がないから、ここにはいさせられませんって追い出されたの！　酷くない⁉」

驚いてほしかったのか。いやでも、そんなところだろうなと思っていた。

察するに、リゼの家、クンツェンドルフ家だっけ。そこと学校とが懇意《こんい》の仲で、才能がないリゼに現実を見せてやろうってことで数日だけ在学させる取り決めでも交わしたとかだろう。

恐らく魔法社会の繋《つな》がりで、そういうことも可能な世界なんだろうと思う。

で、現実が見えない上にちゃちな奇術に頼るリゼに、同世代との実力の差を思い知らせようとした。

あくまで俺の想像に過ぎないけど、そういうことなんだと思う。三日で退学っていうのも、本人が知らないだけで最初から決められていたことだった。

実際その通りに計画は進んだけど、残念ながらリゼは両親の予想を遥かに超えるバカだった。自分の実力とか限界とか才能のなさとかに、結局気づけてないわけで。

「そしてわたしはこう考えたの。こんな小さな学校では、わたしの才能を活かすことはできない。もっと大局的な視点を持つべきではと。この広い世界を旅して経験を積んでこそ、わたしは偉大なる魔女になれるはず。そういうわけで学校を飛び出してそのまま旅に出ることにしたの。昨日退学を言い渡されて、今日の朝に旅立った。行動は早い方がいいのです」

で、一夜明けて今日が四日目。こいつの的外れな考え方には、今さら突っ込むまい。

得意げなリゼは上機嫌で話を続ける。

「先生が言うには、朝早くに学園まで迎えが来るって。でも家に戻りたくないわたしは、先生には先に出て、迎えとは途中で合流すると言いました。家への帰り方はわかってるから大丈夫と信じ込ませて、そして家と反対方向に行って。そして今に至るわけ。うん、頭いいな、わたし」

「いやどこが。最初から最後まで全部バカじゃないか」

「あー！　バカって言った！　バカって言った方がバカなんだからね！　バーカバーカ！」

「はいはい。それで、話すべきことは全部か？　事情は全部話したか？」

「うん。全部話したよ。だからわたしは旅に出るのです」

「旅に出る理由はわかった。理解できないけど、まあいいだろう。でもまだ説明してないことがあるよな？」

「え？　なんのこと？」

「俺のことだよ！」

これまでの説明で、リゼの事情についてはなんとなくわかってきた。バカがバカなりの理論で動いた結果だとしても、まあわからなくはない。

けれど俺にとって一番重要なことが説明されてない。

「なんで、俺を違う世界から喚び出すなんてことしたんだ。いや、俺が来たのは手違いだったみたいだが、なんで、妖精だっけ？　使い魔か？　そいつを喚び出そうとした？」

俺がこんな世界に来てしまった理由を知らなければいけない。できる限り早く元の世界に戻りたいし。

「ああ、それ？　使い魔がいた方が、魔女としてかっこいいかなー？　って思って。それに使い魔ってある程度魔法が使えるから、わたしの助けになるよねって。それで、森を歩いてたらここを見つけて。ここなら召喚の術に必要な魔法陣も描けるし、ちょうどいいと思って」

「かっこいいとか楽したいからで、俺をこんな所に連れてきたのかよ……」

わかってる。そういう奴だってのは嫌ってほどわかってるんだが、それでも色々と発覚した際の脱力感は拭えない。

「もう一つ質問があるぞ。なんでお前が召喚の魔法なんて難しそうなことができたんだ？　初歩的な魔法も満足にできないのに」

「それはほら。あの魔導書があれば、誰だって使い魔を喚び出すことはできるの。確かに実力がある魔法使いの方が、いい使い魔を喚び出せる可能性が高いって聞くよ？　あ、でもコータもすごいじゃん。だから――」

「その魔導書は、家から持ってきたのか？」

「え？　えーっと……そ、そうだよ？　おとーさんがくれたの。リゼには才能があるから、いい使い魔を持ちなさいって」

「嘘つけ」

これまでの話を聞くに、リゼの親は彼女になんの期待も持ってない。とても、改めて魔法使いの道を応援するとは思えない。

けど、もらった物じゃないとしたら、こいつまさか。

「おい。正直に言え。俺の目を見て。本当のことを言え」

ぴょんとリゼの肩に乗って、顔を近付ける。

ぬいぐるみに凄《すご》まれても迫力なんてないだろうけど、リゼの目は泳いでいた。

それから散々迷った末に、ようやく話し始めた。

「……りょ、寮の部屋が近い子がいてね、そいつがすごく嫌な奴なの。なんか家がわたしと同じくらい名門の出らしくて、いつもその自慢ばっかり。しかもいつも人のこと見下《みくだ》して、バカにして陰で笑うような奴で、ムカつくから、その……部屋の鍵を……借りて？　……それで…………」

それで。まさか。少しぐらい予想はしてたけど、嫌な予感がする。部屋の鍵を借りた？　そんなことあり得るか？

「ちょっと困らせようとしただけなの。あと、わたしの旅に役に立つ物がないかなーって。で、見つけたのがあの魔導書」

「盗んだのか……」

「か、借りたダケデス」

「盗んだんだな？　一回使えばもうおしまいの魔導書、持ち出して使ったんだろ？」

「うん、まあ。でもでも！　それでコータに出会えたんだからいいよね！　素敵な出会いをくれたあの子にはちょっと感謝してあげてもいいかな！」

「おいこら！　話を逸らすな！」

リゼはごまかすような笑顔を向けたが、俺は真正面から叱り付けてやった。

ダメだ。こいつは無能でバカな上に、とんでもなく悪い奴だ。そして俺は、こんなろくでもない奴の使い魔にされてしまった。

これからどうすればいいんだろう。

鞄のそばに無造作に置かれている、ボロボロの魔導書に目をやる。

元の持ち主がどれだけ嫌な奴かは知らないが、盗みはまずい。その持ち主にとっては大事な物だったのかもしれないし。

「よし、夜が明けたら魔法学校に戻るぞ。この本返して持ち主に謝れ。それから家に帰れ」

「やだ！」

そう言いながらリゼは本を手に取って、焚き火の中に投げ込む。

「おい！　何する！」

止める間もなく本は燃えていくし、俺はぬいぐるみの体だから炎の中から本を救い出すこともできない。俺まで燃えてしまうのはまずい。

あっという間に本は灰となってしまった。

「やだやだ！　あんな奴に謝るなんて絶対やだ！　それに家にも帰りたくない……」

あまりに必死で駄々をこねるリゼに、もはや怒る気力も湧かない。

「なんでだよ」

「だって……家に戻ったら、わたしはもう外には出られない」

さっき手品に使ったカードを手で弄び、指の上で器用に立たせながら、リゼはぽつりぽつりと口を開く。

「魔法の才能がないなんて、一族の恥って扱いだもん」

彼女の語るところによれば、魔法使いの名門から才能が一切ない落ちこぼれが生まれることは珍しいことで、落ちこぼれの烙印《らくいん》を押された人間の未来は暗いものだという。

一族の人間なのを認められず家から追い出されるなら、まだ寛大な処置だ。

酷い時は最初から存在をなかったことにされ、家の中に閉じ込められてそこから出ることなく一生を終えるとか。

使用人の地位に落とされ、きょうだいやいずれ生まれるその子供たちに使役されるとか。

あるいは奴隷として売られたり、最悪の場合殺されたりすることだってあるという。

そうすることで、名門は名門としての地位を保ってきた。

「そうか。それはさすがに、かわいそうだな」

現実をわからせるためにわざわざ一度学校に行かせたことを考えれば、殺すのはさすがにないと思うけど。それでも、リゼの将来が閉ざされるのは間違いないらしい。

安易に家に戻るという選択が危険なのも理解できた。

「わかってくれた?」

「まあ、同情はする。だからといってお前の悪行は許されないからな」

「うぐっ……仕方ないでしょう？　わたしはこうやって逃げるしかなかったの。じゃないと、わたしの人生終わりだから」

「ちなみに、もしリゼがそうなったら、使い魔の俺はどうなるんだ？」

「詳しいわけじゃないけど、森に捨てられるって噂だよ」

「それは困る」

こんな状態で、森で独りで生きるなんて無理だ。あんなオークとかもいるし、そもそも使い魔がどう生きていけばいいのかもわからない。

となれば俺は現状、この女と一緒に行動するしかないわけか。

勘弁してほしい。

それにリゼと一緒に行動するにしても、確認しておかなきゃいけないことがもう一つあるし。

「なあ。そういう事情だと、今頃お前の家はお前のことを探してるんじゃないか？　盗みがバレたのなら、学校とか相手の家も探すはずだろ」

「んー。まあ、うん。そうなるかな。で、捕まったら終わり」

バカで無能でしかもお尋ね者か。そして俺は、そんな奴と一緒に行動しないといけない。どうすればいいんだ、これ。

こんな切羽詰《せっぱ》まった状況にもかかわらず、当のリゼはなぜか気楽そうな様子だ。

「でも、コータと一緒ならなんとかなると思うんだよね！　だってコータ、ものすごい魔法使いみたいだし！」

いきなりこいつは何を言ってるんだ。まさか余裕の根拠が、俺とか言うんじゃないだろうな。

「魔法使い？　何言ってんだよ。俺はただの人間だし、俺の世界には魔法なんてないぞ？　魔法って言葉はあるけど、そんなものは空想の産物だ」

「言葉があるってことは、昔はあったんじゃない？　で、コータにその才能が受け継がれた。さっきのファイヤーボールすごかったよ？　あのオークを一撃で倒しちゃうんだから」

「オークを？　俺が？」

そういえば、なんであのオークが死んで俺たちが助かったのか、わからないままだ。オークに殴り飛ばされたと思ったら、いつの間にか終わってたからな。

リゼはその様子を見ていたようで、そして俺のおかげだと言う。

「そうだよー？　あれ？　もしかしてファイヤーボール撃ったって、自分でもわからなかったの？

……そんなことって……ねえ、もう一回やってみてよ」

「やってみるって、どうやって」

「こう、両手を広げて前に突き出して……危ないから空に向けて撃とう。寝転がってさ。それで、火の玉の形を考えながら撃ちたいって強く思うの。そして詠唱」

炎よ集え。燃やし、砕け。ファイヤーボール。

心の中でそれを唱えた瞬間。

夜空に、煌々《こうこう》と燃え上がる火の玉が撃ち上げられた。それはボールという言葉からはかけ離れた大きさで、直径数メートルはあろうかというサイズだった。

それによって夜の森が一瞬だけ、真昼のように明るく照らされる。俺はそれを呆然と見ていたし、リゼも同じくぽかんと口を開けていた。

詠唱を口にしたわけではない。撃ちたいと考えながら心の中で唱えてみただけ。

それだけで魔法が使えた。

その光景は、正直な印象を言えば、美しかった。

上向きに撃ち上げて良かった。下手な方向に撃ってたら、森に着火して火事になるところだった。

「すごい！　すごいよやっぱり！　コータすごい！　本当に魔法のこと知らないの？　だったら天才だよ！　勉強したらすごい魔法使いになれるよ！」

「お、おう。そうなのか……」

すごい勢いで迫ってくるリゼに引きながら、今自分がしたことを思い返す。確かに威力のありそうな火球だった。あれならさっきのオークも倒せるだろうな。

「コータとなら、わたしはこの旅を乗り越えられると思う！　ねえコータ。魔法の知識は教えてあげる。だから、一緒に行こ！」

その時のリゼの笑顔は、俺がこれまでに見たどんな笑顔よりも、きれいなものだった。

リゼが偉大な魔法使いに憧れているのは本当なんだろう。その純粋さは羨《うらや》ましい。

そして俺はリゼにとって、魅力的な力があるんだろう。誰かに必要とされて、求められるというのも悪い気はしなかった。

さっき目にした火球の美しさと、リゼの笑顔。それらが鮮烈に心に刻まれている。

だから、お前と一緒に行くなんて御免だとは言えなかった。

バカな選択なのはわかってる。

けれどそもそも、俺一人で生きるには無理がある状況だ。それよりは、リゼと一緒に魔法のことを学んで元の世界に戻る方法を探すことの方が、合理的なやり方だと思った。

それにちょっとだけ、自分の実力がどんなものか気になったっていうのもあるしな。そんなに強い力なら、試してみたくもなるだろ。

だって魔法だぞ？

「……わかった。他に行く当てもないしな。一緒に行こう」

「やったー！」

無邪気に喜ぶリゼを見て、ちょっと微笑ましいと思った。ちょっとだけ、だけど。

「あ、でも一つだけ約束してくれ。俺の言うことはちゃんと聞いて、一人で突っ走るのはやめてくれよ。お前に暴走されるといつか死ぬ気がする」

「あー。なんか安心したら眠くなってきた。コータが一緒に来てくれないって言ったら、どうしようかと思った。じゃあ、また明日ね！　おやすみー」

「聞けよおい!!」

つまりは、バカで無能でお尋ね者の女の子と一緒に旅をするわけで。こいつの手綱《たづな》はしっかり握っておかないとまずいことになる。そう思って言っておいたのだが、リゼは眠くなったのか着替えのローブを取り出して、それにくるまりさっさと眠りについてしまった。寝るの早いなおい。

あれ、野宿の時って誰かが寝ないで見張りをするんだっけか。さっきのオークの仲間とかも来るかもしれないし。でもいつまで起きてればいいんだ？　こいつが起きるまで？　つまり、一晩中？

焚き火の炎を見ながら、しばらくは頑張って起きたはずだ。数時間は耐えたぞ。けれど俺も疲れたのか、知らず知らずのうちに眠りに落ちていった。

俺、こんな調子で冒険なんてやっていけるんだろうか。早速不安になってきたぞ。

第二章

俺がいつ、眠ってしまったのかはわからない。

この世界に正確な時計は存在しない。それにこの世界の時間の経過とか、一日の長さが俺の世界と同じとは限らないし。どれだけの長さ眠っていたのかもわからなかった。

目が覚めた時、自分の体が緩く揺られていると感じた。ブランコのような、ゆったりした揺れだ。

「おはよう、コータ。よく寝てたねー。もう少ししたら村に着くから待っててね」

頭上から声。リゼは右手に鞄、左手に魔法の杖を持って、俺は鞄の上に乗せられていた。揺れているのはリゼが歩いているからで、その状態で俺はのんきに寝ていたらしい。そしてリゼは寝ている俺の体を荷物の上に乗せて、とりあえずの目的地である村に向かってると。

鞄は肩から提げられるようにベルトが付けられているから、手で持つ必要はない。けれど揺れすぎて俺が落ちないように、わざわざ手で揺れを抑えてくれていたようだ。

「おはよう。焚き火はどうした?」

「火は消したよー。後はそのまま。たぶん、いつかあそこで野宿することになった人が残りの薪を使うことになるんじゃないかなー」

「そ、そうか」

野宿の後始末としてそれは、お粗末じゃないだろうか。かといって、焚き火の始末って何をすればいいのかは俺にもわからない。だからそれ以上は、特に何も言えなかった。

「オークの死体は？」

「あれもそのまま」

「まあ、そうだよなー」

怪物の死体をどうするかなんてのも、俺には全然わからない。立つ鳥跡を濁さずという言葉もあるけど、仕方ないってことにしよう。

リゼになんだかんだ言いつつ、俺だってこういうことは素人なんだ。あまり強くは言えない。

「……結局、あのオークの仲間は出てこなかったな。いいことだけど」

「たぶんあれ、はぐれオークだったんだよ。理由はわからないけど群れから追い出された。それで縄張りの外で彷徨《さまよ》ってたか、私たちみたいに旅をしていたか」

あんな怪物にも、それなりの社会性があるようだ。群れのリーダーに逆らったり掟《おきて》を破れば、追い出され一匹狼となる。あるいは、群れの中で体が弱くて、一員として認められなかったからという例もあるらしい。

つまり、あれで弱くて追い出された落ちこぼれ、という可能性もある。俺はもっと強いオークの存在を考え、恐怖を覚えた。

リゼはリゼで、群れの一員になれなかった者の末路に自分を重ねたのか、不安そうな表情を見せている。そして、その不安を打ち払うかのようにずんずんと歩みを進める。その足取りに迷いはない。

ふと不安になった。周りに見えるのは木だけだ。リゼの足元を見ても道らしきものはない。

そういえば俺が喚び出されたあの空き地も、なんらかの理由で偶然あんなスペースができただけの場所らしい。そこから道が延びてるわけじゃない。

とりあえず旅に出たリゼが森を彷徨った結果、召喚の儀式に使えそうで人目に付かなさそうな場所を見つけたから留まってみた。その程度の場所なんだろう。

あそこが森の中の通り道なら、あれだけぐずぐずしてれば追っ手に遭遇してただろうし。

不安になってきた。リゼは本当に、目的地である村に向かってるのか？　まさかと思うけど、森の中をなんとなく彷徨ってるんじゃないだろうか。こいつならあり得る。

「なあ、ちゃんと村に向かってるんだよな？　道みたいなのはないみたいだけど」

さすがにそんなことはないだろうと思いつつ、恐る恐る聞いた俺に、リゼは自信満々に答えてくれた。

「大丈夫大丈夫。方向は合ってるから。東に村がある。太陽はこっちから昇ってきたし、大丈夫」

「その程度の方向感覚しかないのかよ！」

そのまさかであった。

方向だけ合ってるから、いつか村に着くはず、で歩き続けてきたらしい。

それじゃあ、村を素通りして延々と歩き回るなんてこともあり得てしまうわけで。それならまだいい方で、さっき話に出ていたオークの群れなんかに遭遇してしまいかねない。

うん、やっぱりリゼに旅の指針は任せられない。

ところが奇跡的に、リゼの歩みは正しかったようだ。不意に視界が開けて、いくつかの建物や畑が見えた。

「村だー！　ほらコータ！　わたしが正しかったでしょー？」

「ああ、本当に……本当に良かった……」

運が良かった。リゼの勘や方向感覚が良かったとは断じて言わないぞ。

「とりあえずお腹空《なかす》いたなー。昨日から何も食べてないし！　ごはんー。すいませーん。誰かいませんかー！」

そういえば、出会ってからこいつが何か食べているところを見たことがない。ろくに準備もせずそのまま飛び出したみたいだし、一人で食事を準備できる生活力があるようにも思えない。空腹なのは本当だろう。

リゼは森から抜け出して人を探す。

畑で何か仕事をしている人が、作業の手を止めてこちらに向かってくる。壮年の男性だ。そして俺にとっては、この世界で初めて見るリゼ以外の人間。

「旅人さんかい？　こんにちは」

「こんにちは。はい！　旅の者です。名前はリーぜろへぶっ!?」

「やめろ。名前を名乗るな。お前お尋ね者なんだぞ！」

追われている身というのを理解していないのか。当たり前のように名前を言おうとしたリゼの頬を叩いて、耳元でささやく。

追っ手がこの村に来てて、情報提供を求めている可能性だってあるんだから。そこら辺もちょっとは考えて、もう少し警戒してほしい。

「あ、あはは。リゼです。ただのリゼ。旅の途中の魔女です。こっちは使い魔のコータ。えっと、遠くから来ました。遠くまで旅をするつもりです」

「余計なことを言おうとするな。飯と宿が欲しいとだけ言え」

リーゼロッテとは別人と言い張ろうとするあまり、嘘を吐《つ》こうとして吐けていないリゼにまた耳元でアドバイス。これだといずれボロが出てしまうぞ。

「お腹が空いたので、ご飯を食べられる所を教えてもらえますでしょうか！　あと今夜泊まれる宿とかも！」

「そ、そうか。だったら酒場に泊まれるから行けばいい。この道をしばらく行けば着くよ」

リゼの勢いに若干引きながら農民の男は酒場の場所を教えてくれた。あからさまに変な女に、あんまり関わりたくないのかも。

ともかく教えてくれたことに感謝して、そちらを目指す。

「そういえば、金はあるのか？　飯にしても宿にしても、金がなきゃ何もできないぞ？」

「ああ、それは心配ないよ！」

まあ考えの足りないバカとはいえ、いい所のお嬢様らしいし。ある程度の所持金はあるんだろう。

「あの嫌な女からもらったのは、魔導書だけじゃないんだよねー」

そう言いながら、懐からジャラジャラと音が鳴る袋を見せる。中にお金が入ってるらしい。まず間違いなくリゼの物ではないお金が。

もう突っ込まないぞ。

さっきの農民の男から教えてもらった通りの道をしばらく行くと、畑と小さな家ばかりだった風景が少し変わってきた。大きめの建物がちらほらと目に付く。道行く人も少し増えた。

賑《にぎ》わってるとか立派な建物が乱立してるとかではないけど、ここが村の中心ということかな。

酒場もこの近くにあるということで、道行く人に尋ねて目的の建物を見つけた。

魔法使いの格好をしている少女はここでは目立つようで、周りの人からの注目を少し集めているようだ。これは仕方ないか。

「おいしい！　やっぱりご飯食べると生き返るって感じがするよねー」

テーブルの上のスープをかき回し、そこに浮かんでいる肉を口に運びながらリゼは喜んでいる。

この酒場はあまり小綺麗《こぎれい》ではなく、宿泊場所に食堂も付けただけという感じの安宿兼食事処《どころ》だった。旅人がとりあえず一泊できればいいという程度の場所なのだろう。

このなんの変哲もない農村に旅人が留まる理由もなく、ただの通り道に過ぎないということだ。

自称お嬢様育ちらしいリゼにこの庶民的すぎる場所はどうなのかなと少し思ったけど、見る限り全く気にしてないようだ。

こういうところは、このバカな性格の利点と言えるだろう。

「ところでさ、俺は何も食わなくていいんだな。ていうかこの体だと、そもそも物を食うなんてできないけど」

そう。俺はというと美味しそうに食事しているリゼを見ているだけ。そもそもぬいぐるみの体では食べ物を体の中に入れることもできない。

じゃあ何故《なぜ》、喋ったり呼吸したり手足を動かせるのかという疑問はあるけど、でも実際できるのだから気にしても仕方ない。

そしてさっき試しにパンを口に押し付けてみたが、体の中に入れることはできなかった。ついでに言えば腹も減らない。

飯を食わないのに体を動かしたり魔法を使うエネルギーが、どこから生まれるのかは疑問だ。

「んー。使い魔は、それを召喚した魔法使いから魔力をもらって生きることが多いらしいよ？　つまり、コータはわたしの魔力で生きているのです」

「あり得ないだろそれは。だってお前の魔力だぞ？　そんなの一瞬で餓死だ。昨日のあのでかいファイヤーボール投げた瞬間に、魔力尽きて死ぬ」

「ううっ……酷い」

リゼはショックを受けたようだが、泣きたいのはこっちの方だ。

自分の体についてすらよくわからないという現状を静かに嘆いていると、酒場に複数人の男が入ってきたのが見えた。入り口の扉の向こうにも、大勢の人間がいるように見える。

彼らは俺たちに用があるのか、こちらに真っ直ぐ歩いてくる。

この村では旅人は珍しくて、たまに来たら村人総出で見物に来る、とかではなさそうだ。

男たちのリーダーらしいのは、杖をついた老人だった。彼はリゼの向かいに座る。

「旅人さんが来たと噂《うわさ》になっているので、挨拶《あいさつ》をと思いまして。私がこの村の村長でございます。ようこそ我が村へ」

「それはご丁寧に。わたしはリゼです。えっと。ただのリゼ。旅の途中です」

「旅の目的は、やはり魔法学校ですか？」

この村は魔法学校から歩いてそれほど日数の掛からない場所にある。ちゃんと道を歩いていけばものすごく近いのだろう。しかもリゼはローブに杖と、魔法使いとすぐにわかる格好をしている。

そう推測されるのは当然だろう。あるいは、この村にはそういう旅人がよく訪れるのかもしれない。

「よしリゼ。魔法学校とは関係ないって言え」

俺は小声でそう忠告した。わざわざ村長が訪ねてきて、推測すればわかることを訊《き》いてくるのだから訳があるはずだ。

「い、いえ。偶然近くを通っただけですよ？　わたしはイエガン魔法学園とは無関係。ただ、魔法の修行の旅の途中です。はい」

「そうですか……」

俺の忠告は全く伝わらず、言わずともいいことを口にするリゼ。

村長やその後ろに立っている数人の男の表情は、不信感を抱いているようにも見える。これはまずいかもしれない。

村長が再度こちらを向いて、質問をした。

「もう一つ質問があります。リーゼロッテ・クンツェンドルフという名前をご存じですか？」

ああ。やっぱり。怪しいと思われている。リゼを追ってる何者かが、この村にもう来てたんだ。

「あわわ。えっと、えっと。知らないですことよ？　わたしはただのリゼ。リーゼロッテなんて人は知らないです。ちょっと名前は似てるかもしれませんが無関係のただの偉大な魔法使ひゃんっ！」

ごまかそうとするあまり、逆に饒舌《じょうぜつ》になって下手なこと言い出しそうなリゼの肩を叩いて黙らせる。村長と男たちは顔を見合わせ何か小声で話をしている。

完全にまずい。どうにかしてこの場から逃げ出さないといけない。でもどうすれば……。

「ねえ、魔法使いのおねえさん。何か魔法見せてください！」

その時、そんな風に声を掛けられた。そっちに目をやると、小学生の高学年ぐらいの年齢の女の子がいた。リゼに少し熱のこもった視線を送っている。

「こらフィアナ。勝手に入ってきちゃ駄目だろ」

村長の後ろに立っている何人かの男のうちの一人が、その女の子を咎《とが》めるように声を掛ける。けれどフィアナと呼ばれた女の子は、特に気にする様子もない。

リゼの近くまで駆け寄ってきて抗議するように言う。

「だってお父さん、魔法見たいんだもん。それに探してるリーゼロッテさんって、魔法が使えないって聞いたよ？　確かめてみたら？　ねえおねえさん。いいでしょう？　お願いします！」

フィアナのその言葉に、村長と男たちは再び顔を見合わせて少し言葉を交わした。小声だから何を話し合ってるかはわからないけど、だいたい想像は付いた。

リゼは間違いなくお尋ね者で、この村でも探されている。だから俺たちは、このリゼはリゼではないと証明するしかない。そして村人たちに伝えられているリゼの特徴が、魔法を使えないってことらしい。

だから、この場でリゼが魔法を使うところを彼らに見せれば、別人だと言い張れる。

仕方ない。ここは俺がちょっと魔法を見せてやるか。優秀な使い魔を持っている魔法使いなら、リゼも優秀な魔法使いという風に村長たちに思わせることができるだろう。外に出て昨夜のファイヤーボールとかを放てばいい。

「よしリゼ。俺が……」

「そっかー。フィアナちゃんは魔法が見たいんだー。いいよいいよ。おねーさんが得意なやつ見せてあげる！」

「おい！」

俺の言葉を一切無視して、リゼは自信満々という様子で言い切って立ち上がった。

大丈夫だとは思えない。どうするんだこれ。

自信満々に魔法を披露すると宣言したリゼは、鞄を開けて中からカードの束を取り出す。なんて言ったか、占いに使うやつだ。

リゼはまた、手品を魔法と言い張るつもりらしい。

絶対にバレると思うけど、やると言い切った時点で止めることもできない。昨日みたいに、焚き火をするのにも一苦労な炎魔法を見せるわけにもいかないし。

「では皆さん。この〝魔術師〟のカードを見てください。ルカスナカードは占い、つまり未来を見通すためにも使われるすごいカードです。つまり、それ自体が魔法の力を受けやすい物なんですよね。特に魔術師のカードはその名の通り、カード自体が魔法を使うと言っても過言ではないです」

もっともらしいことを言ってるけど、あれはただのカード。ただの紙だ。

しかしリゼは自信たっぷりという様子で言い切る。手品はハッタリをいかに利かせるかが大事。

そして驚いたことに、村長たちは真剣に、リゼの話に聞き入っている。リゼが持っているカードに、熱心に視線を注いでいた。まさか信じているのだろうか。

見れば酒場の外に集まっていた他の村人たちも、面白いことやってるぞとばかりに続々と酒場の中に入ってくる。見物人が増える中リゼはショーを続ける。

「では、この魔術師に魔力を注ぐとどうなるか。よく見ててねー。魔術師よ、消えろ！」

手をひらひらと振ると、突然カードが消えた。どよめく観客たち。

昨日俺にも披露したのと同じ。けれど彼らはすっかり信じてしまっている。

「魔術師が消えてしまいました。しかし、本当に消えたわけではありません。この世界から、何かを完全に消し去ることは魔法でも難しいんです。つまり魔術師は、どこかに移動してしまったのでしょう。わたしの手から、どこか別の場所へと。どこかなー？　わたしの近くだと思いますが……杖を使って探してみましょうか」

リゼのマジックは続く。今度は杖を持って掲げる。

村長やその後ろの男たち、酒場に入ってきたその他大勢の村人や元からいた客に店員、それからフィアナ。全員の視線がリゼが掲げた杖に、つまり上の方に向いている。

「こっちかなー？　それとも、こっちの方かなー？」

リゼが右側に杖を振る。それから、左にもゆっくり振る。

その際リゼが、左側に数歩離れたところにいるフィアナの方に、一歩近づいて距離を詰めたことには誰も気づかなかった。

「むむ……もしかして村長さん。あなたがカードを持ってるんじゃないですか？　それとも、その後ろの男の人かな？　ポケットの中、調べてみて？」

そして杖を村長たちに向けた。周囲の視線が一斉に村長に集まり、急に注目されることになった村長たちは慌ててポケットを調べ始める。もちろん、そんな所にカードはない。

誰の視線も自分に向いてない瞬間に、リゼはすばやくフィアナの背後に近づいた。そして上着のポケットに魔術師のカードを入れて、すばやく元の立ち位置に戻った。

マジックの本質は視線の誘導。そういうのを何かで見たことがあるけど、リゼはそれを自然とやってのけていた。

魔法と言い張って嘘を吐いてその場を逃れようとする魂胆は置いておいて、こいつの手品の腕は本物だ。この分野に関しては無能でもバカでもない。

「ないですか？　じゃあ……わかった。フィアナちゃん。君のポケットに入ってるんじゃないかな？」

リゼの言葉にハッとした様子のフィアナは慌てて上着を調べて、そして心から驚いたという様子で魔術師のカードを出した。

おお、と歓声が上がる。

「どうですか？　ルカスナの神秘的な力を引き出してみました。こういう魔法もあるっていうこと、わかってもらえたでしょうか？」

今の手品を受けて、村人たちは所々で話している。確かに魔法を使った。あれはリーゼロッテなる魔法使い見習いではない。しかしあの子はリーゼロッテの年齢と同じぐらいではないか。いや、ここは魔法学校の近くだから、あの年齢の女の子は珍しくない。やはり別人か……などなど。

ややあって、村長が立ち上がってリゼの前に来た。

「失礼しました。今朝がた、魔法使い見習いの女の子が近くにいるはずだから村を訪れたら知らせてくれと、そう領主様からお達しがありまして。聞いていた特徴があなたと同じだったので、お尋ねした次第です。どうやら人違いのようでした」

「そ、そうでしたか。残念ですがわたしはリーゼロッテさんじゃないです。見ての通りの優秀な魔法使い。お役に立てなくて残念だなーあはは……」

さっきまではあれだけ口が上手かったのに、すぐにいつものリゼに戻ってしまった。

手品やってる時だけ、こいつは無能じゃなくなるのか？　ううん、わからない。

それにしても、よく騙しきれたな。この村の人間ってもしかして魔法を見たことがない……はずがないよな。魔法学校が近くにあるんだから。

魔法使いが通り掛かることはよくあるって様子だし。

☆☆☆

一騒動終えた後、村長さんたちは納得したのか帰っていった。そして俺たちは宿に泊まることを許され、こうやって部屋をあてがわれたわけだ。

そこでようやく、リゼが手品を始めようとした時の懸念事項を口にすることができた。

「あの人たちが見たことないのは、奇術の方じゃないかな？　だから奇術を見ても、こういう魔法があるって思っちゃう」

なるほど。この世界にはテレビやインターネットなんてものはなくて、マジシャンって職業もまだ珍しいものなんだろう。森に囲まれた小さな村に、手品という芸が伝わっていない可能性は高い。

「とにかく、とりあえずはちゃんとした所で寝られるねー。野宿は野宿で楽しかったけど！」

ベッドに寝転がりながら伸びをするリゼ。どこまでも気楽そうだな。

でも実際に、俺も野宿はまっぴらである。夜はもうちょっとちゃんとした状況で寝たい。こんなぬいぐるみの体であっても、布団にはくるまりたいんだ。

とはいえ村人たちからの、リゼがリーゼロッテというお尋ね者ではないかという疑念が完全に晴れたとは、俺は思っていなかった。

とりあえず魔法が使えることは証明できたとはいえ、念のため追っ手に連絡を取ろうとする人間が出てくるかもしれない。となれば、あまりこの村に長居はできないのも現実。

「すいません。リゼさん、いますか？」

部屋の外から声を掛けられた。聞き覚えがある声。リゼが扉を開けると、そこにはフィアナが立っていた。

フィアナはリゼを見ると「えへへ」と笑顔を見せた。そして何かを差し出す。

さっきマジックに使った、魔術師のカードだった。そういえば返してもらってなかったっけ。

「あの、これ返しに来ました！　リゼさんって本当に魔法使いだったんですね。あんなに近くで魔法を見たのは初めてで、なんだか嬉しくてお礼がしたくて」

「ありがとー！　そっかー。実はわたしも、あんなに大勢が見てる前で魔法使ったのは初めてなんだよー」

純粋な子らしいフィアナは、リゼの手品を完全に魔法だと信じてしまったらしい。そしてリゼは、褒められたことに完全に気を良くしている。いいのか、それで。さっきのは魔法じゃなくて、お前は嘘吐いてその純粋な子供を騙してるんだぞ。そんなに喜んでいる場合じゃないぞ。

俺がやきもきするのをよそに、フィアナはリゼにこう続けた。

「実はリゼさんにお伝えしたいことがありまして！　あの、リゼさんは村長さんから、あの……」

そこで言葉が途切れた。言いたいけど言いにくいこと。本当に言ってもいいのか悩ましいことのようだ。

「どうしたの？　大丈夫。おねーさん何聞いても驚かないから。聞いちゃダメなことだったら、聞かないことにするから！」

こいつのこういう自信はあんまり信頼しない方がいいと思われるけど、その言葉に後押しされたらしい。フィアナは意を決した表情を見せる。

「リゼさんはきっと、この後村長さんから狼退治の依頼をされる！　……と思います」

うん、繋がりがよくわからないぞ。

「よし、ちょっと詳しく聞かせてくれ」

ベッドの上で話を聞いていた俺は会話に入ることにした。リゼだけだと、事情がよくわからないままに話を進めていきかねない。

「ぬいぐるみが喋った⁉」

「ぐえっ」

そして、喋った俺を見た途端、フィアナは笑顔でこっちに駆け寄ってきて俺を手に取った。おい、もっと優しい持ち方をしてくれ。

そういえば使い魔が言葉を話すのは珍しいんだっけ。フィアナも魔法使いが使い魔を連れているのは何度か目にしているかもしれないけど、話すのは初めて見たのだろう。

そして俺はこの村に来てからはあまり話さず、声を出すにしてもリゼの耳元で小声でささやくばかりだった。

うん、俺が原因なんだな。それで驚かせたんだな。それはわかった。でも握り締めるのはやめてくれ。

「えっと……わたしのお父さんは狩人をしています。わたしもその見習いなんですけど……」

ベッドの上にリゼとフィアナで並んで腰掛け、俺はフィアナの膝の上に乗せられ、詳しく話を聞く。

彼女は、今朝起こったことから順番に話し始めた。

「今朝のことなんですけど、領主様の使いの人がこの村に来ました。お父さんも呼ばれていったんですが、そこで魔法使いを探していると言われたみたいで」

フィアナの父は狩人で腕も立ち、この村の中で皆からも信頼を集めている人物であるらしい。村長の補佐的な役目もしていて、村の意思決定をする人間の一人のようだ。

さっきフィアナがリゼに話し掛けた時に、彼女を咎めた男がそうなんだろう。

とにかくそういうわけで、フィアナの父は村の事情に詳しい。彼の娘であるフィアナにも、その一部がなんとなく伝わってくるという。

領主とはこの村を含めたここ一帯の土地を支配している人間で、村長よりも偉い立場だ。この世界のこの国では、そういう支配体制になっているという。

領主は、また別の相手から人探しの依頼を受けて動いたんだろう。たとえばリゼの家とか、それか魔導書を盗まれた誰かからとか。

そしてリゼは探されることになって、本人らしき人物が村を訪れてしまった。狭い村ですぐに噂が広まって、村長が直々《じきじき》に確かめに来たというわけだ。

「リゼさんがリーゼロッテという魔法使いじゃないのは、魔法を使ったからわかりました」

「まあねー！　わたしはリーゼロッテとは名前がちょっと似てる別人で、偉大なる魔女だからね！」

「それはもういいから」

追っ手はリゼの特徴として、性別と年齢と魔法が使えないことぐらいしか領主に伝えてなかったらしい。確かに魔法が使えないのに魔法使いの格好をしている人間なんてそういないだろうから、その特徴だけでも見つかりそうな気はする。

けど、リゼの家が探しているのだとすればちょっとおかしい。

その場合、リゼの無能を公表するのが家の恥ならば、娘を探すのに魔法が使えないという情報を広めては本末転倒だ。何か裏があるのかもしれないけど、よくわからない。

とにかく、フィアナに続きを促す。

「お父さんも村長さんも、リゼさんは別人と思ったようです。他のみんなもそうですし、それに面倒なことに関わりたくないっていう気持ちもあるみたいで。領主様、こういう時にあんまり親切じゃないから」

どうやら様を付けて呼ばれている割には、そこまでの敬意は払われていない人物らしい。

「領主様にバレた時が怖いから一応は言っておくべきだっていう人も少しだけいます」

「そうか。それはそれで正しい考え方だ」

何事も例外はある。俺たちにとっては都合が悪いけど、それは村人や領主には関係のない話だしな。報告をしておけば責任は向こうに投げられるから、合理的な考えではある。

あの程度の奇術では完全に別人だと判断はできず、このままだと両者の意見が対立してまとまりそうにない。だからフィアナの父親が折衷案《せっちゅう》を考えたそうだ。それが……。

「ここ最近、狼が村に入ってきて家畜や人を襲うのが続いてるんです。しかも大きい狼が何頭も。

群れがこの近くに居着いてしまったみたいで、お父さんたちだけじゃ追い払いきれないんです」

「なるほど。俺たちに、その狼の群れを退治してほしいってことか」

こくこくと頷くフィアナ。だいたいわかった。

勝てない相手でも、獣害を放置しておくわけにはいかない。そこに運良く、戦力になりそうな魔法使いが現れた。ちょうどいいので手伝ってもらおうという魂胆か。

狼に対抗できるほどの力を持ってる魔法使いなら、探されているリーゼロッテなる少女とは明らかに別人なのだから、追っ手に詮索されても問題にならない。

領民の利益になることをするなら、領主様とやらも嫌な顔はしないはず。意見が対立している人たちも、もっと大きな問題が解決するならば主張を引っ込めるだろう。

フィアナは父親から漏らされた話を、一足先に伝えに来てくれたようだ。魔法を見せてくれたお礼と、心の準備をさせるためだろうか。

いい考えだと思う。俺たちが狼と戦うハメになること以外は。

「なあリゼ。お前もちろん、狼なんて退治したことないだろ？　なら」

「そっか！　大変だったんだねフィアナちゃん！　わかった！　おねーさんが狼なんてやっつけてあげるからね！　この優秀なリゼさんに全部任せていいからね！」

「本当ですか!?　ありがとうございます！　お父さんたちも喜びます！」

「おい、こら」

ああ。知ってるとも。こいつはこういう奴だ。

フィアナはリゼが受け入れてくれたことがよほど嬉しかったのか、小躍りしそうになりながらお礼の言葉を述べた。それから、「後で村長さんたちが来ると思います」と言って部屋を出た。

残されたのは、「いいことをすると気分がいいなあ」みたいな表情のリゼ。それと頭を抱えているぬいぐるみの俺。

「いいかリゼ。お前、狼退治なんてやったことないだろ？　それにお前の魔法じゃ、狼なんて倒せるはずがないと俺は思うんだけど？」

「だってフィアナちゃんが困ってるのにほっとけないし……大丈夫大丈夫！　なんとかなる！　それに、コータも付いてるしね！」

その自信はどこから来るのか。

確かに昨日はオークを倒した。倒したけどあれは偶然だし、あんなファイヤーボールをそう何発も出せる気がしない。相手は狼の群れだぞ？　一発攻撃して一頭倒せば、はい終わりというわけでもあるまいに。

そう伝えると、リゼはうーんと考え込んだ。

「それもそうか……森の中で木に当たって火事になっても困るもんね。ちょっと別の魔法、練習してみる？」

「そうだな……いや、そういう問題なのか？　新しい魔法は覚えたいけど」

俺の懸念は全く伝わっていないようだが、リゼの提案は魅力的だった。

確かにこの先、ファイヤーボールだけしか使わないってわけにはいかないだろう。そういうわけでリゼの提案には乗ることにした。

酒場の裏手にある庭。そこに、厨房《ちゅうぼう》からもらってきた野菜をいくつか地面に立てて置く。

その野菜がなんなのかはわからないけど、見た感じ根菜の一種みたいだし赤くて細長いからニンジンと呼ぶことにする。本当にニンジンなのかもしれないし、たぶん味も似たようなものだろう。

それよりも魔法だ。

「ウインドカッターを教えます。風の力で敵を切る、みたいな技です。基本はファイヤーボールと同じで、まず手に風を集める。風よ吹け……」

それが詠唱なのだろう。両手で杖を持ってそう唱えると、少しばかり空気が震えるような感じがした。けど、ほんの少しだけだ。

「風よ吹けー。吹けー。まだまだ……もっと吹けー」

昨日の炎と同じなんだろう。リゼの詠唱に合わせて弱々しいそよ風が吹く。そしてリゼは、杖をニンジンに向けて振る。

「切り裂け！　ウインドカッター！」

数メートル先のニンジンのうちの一つが、微かに揺れた。

不安定な立て方にもかかわらず、倒れさえしなかった。

「ぜえ……ぜえ……うん、こんなものかな。コータもやってみてよ！」

「参考にならないな……」

まあリゼの実力はわかってるし、こうなると予想はできてたのだけど。ちょっと風を吹かせるだけで荒い息のリゼをちらりと見てから、ニンジンに向き直る。

「イメージとしては、手のひらに風を集めて、それをぎゅっと固めて撃つ感じかなー。とりあえずやってよ」

「そうだな。とりあえずは実践だ。風よ吹け……うおっ!?」

手のひらをニンジンの方に向けながら唱える。すると風が舞った。突風かというようなその強さに俺の体は持ち上がりかけて、慌ててリゼが捕まえてくれる。

「き、切り裂け！　ウインドカッター！」

とにかく撃ってみよう。そう思いニンジンに向けて叫んだ。

次の瞬間、再び突風が吹き、ニンジンが数本まとめて真っ二つに切断されていた。

「やった……のか？　俺が……？」

「すごい！　やっぱりすごいよコータ！　才能あるね！　すごい力だよ！」

「やめろ！　振り回すな！　目が回る！」

リゼは俺がウインドカッターを成功させたのがよほど嬉しいのか、俺を両手で高い高いするように持ち上げてくるくると回り始めた。嬉しいのはわかったからやめろ。

そしてこの時ようやく気づいた。いつの間にか見物人が来ていたようだ。

「すごい。使い魔なのにあれ程の力を持つとは」

「きっとリゼさんの力が強いからでしょうな」

「これは任せてもいいかもしれん……」

今の稽古を途中から見物していた村人が複数人いたらしい。どうせならリゼがろくに魔法を使えないところから見てもらえていたら、真実を知れただろうに。いや、それだったら余計にまずいことになるのか？　とにかく誤解は深まるばかりだ。

それから、任せてもいいかもしれないという言葉。これはやはり……。

「リゼさん。お願いがあります。村を荒らす狼を退治してほしいのです」

夕食の時間のことだった。酒場でリゼが食事をしていると、村長とその一行が訪ねてきた。

先ほどフィアナが言っていたことをもう少し詳しく話してくれた。

獣害というのはこの世界では珍しいことではなく、他の村でも普通に起こることだ。深い森に囲まれた村だし、森の中には狼に限らず様々な獣やオークみたいな怪物がいる。

野生動物は通常、縄張りを守っているため滅多に外に出てきたりはしない。だがここ最近は狼の動きが活発化して、村に入り込むことが急増している。

当然村人たちもそれを放置はせず、狩人たちは毎夜警戒を怠らず罠も張って対策を行っていたのだそうだ。

それでも敵は凶暴な狼。それも人間よりも体のでかい種が群れで来るという。村の狩人たちでは全く歯が立たず、何人も怪我をさせられた。既に襲われて亡くなった村人も数人いるらしい。

この村でそんなことが起きるなんて今までなかったと、村長たちは語った。

冒険者ギルドに討伐を依頼しようにも、村の金に余裕がない。なんとか皆で持ち寄ればまとまった金を出せないこともないが、そもそも最寄りのギルドから距離があるためここまで冒険者が討伐に来るかどうかはわからない有り様。

加えて、この村を管轄《かんかつ》する領主様に相談しようにも、取り合ってくれるような人間じゃない。

そういうわけで困っていたところに、おあつらえ向きに強力な魔法使いがやってきたというわけだ。

「リゼさん、お願いします。このままでは村の存亡にも関わります。一年ほど前でしたでしょうか、ここから少し離れた村が、狼の群れに襲われて全滅したということもありまして」

「それはひどいですね……」

獣害による村の全滅はよくあるのかと思ったら、それは滅多にないことらしい。自分たちの村じゃないとはいえ、比較的身近に先例がある以上は村人たちが怯《おび》えるのも当然のことか。

あと、領主様っていうのはやっぱり尊敬されてない人間みたいだな。領民を助けないんじゃ当たり前だが。

それから、俺的にもう一つ気になることがある。

「なあリゼ。冒険者ギルドってなんだ？」

「えっと……冒険者に仕事を紹介する……ギルドだよ、ギルド。うん。たとえばそこに、村長さんたちがお金と依頼を持っていけば、冒険者が来て狼を倒しに来てくれるかもしれない。みたいな……」

説明が曖昧《あいまい》すぎてさっぱりわからない。

つまり、外部から人を呼ぶための仲介業者なんだろうか。リゼが説明に困るぐらいには難しいものなのかもしれない。まあいい。それは今後改めて知っていくことにしよう。

とにかく今は狼退治だ。

「任せてください！　わたしたちがしっかり、狼を退治しますから！」

そう言い切るリゼ。村長たちに頼まれたからというよりは、フィアナとの約束のために引き受けたと言った方がいいか。

とにかく、面倒なことを引き受けてしまった。狼と戦うのはどうせ俺なんだろうし。

さっそく今夜、狼退治に赴くこととなった。急な話だけど、待っている間にまた犠牲者が出てはかなわないという理由だ。

こちらも別に準備が必要なわけじゃない。性急に思えるが、それで受けることにした。

強いて言えば、もっとしっかり魔法の練習をしておいた方がいいのだろうけど、どれだけ練習をしても課題点ばかり増えるんじゃないかなとも思う。何せ先生がリゼなんだから。

☆☆☆

暗い森の中を、俺たちは数人の狩人たちと共に歩いている。

一人につき一本松明《たいまつ》を持って、慎重に進んでいく。

この村で狩人として生計を立てている人間たちの中で、動ける人間を掻き集めてきたとフィアナの父親は言った。

なるほど、とりあえず動ける程度ってわけか。見た感じ、経験豊富なベテランといった雰囲気の者はフィアナの父親だけ。後は少しは経験がありますといった感じの若者が数人と、それから何故か、

「よろしくお願いします！　リゼさん！」

フィアナまでいた。

背中に弓と矢を背負って、腰には大きめのナイフ。狩人としての装備は万全のようだけど、どう見たって子供のフィアナの体では、戦闘はちょっと頼りないという印象を受ける。

これでも、現在の村が用意できる最良の戦力なのだろう。これまでの狼との戦いで、ベテランの大半が怪我《けが》を負わされ動けなくなったのだとか。

そういうわけで、ほとんど素人《しろうと》ばかりの構成になるのも仕方ないのだ。

「大丈夫だ。フィアナはこれでも、ちゃんと訓練は積ませている。実戦経験は少ないが、力にはなる。危なくなったらみんなで守るしな！　頼りになる魔法使いもいる」

なんだか、ずいぶん頼りにされてしまっているな。俺は不安で仕方がないのに。

「なあリゼ。やっぱり俺たちだけで行った方が良かったと思うんだ。周りに人がいると、お前が……魔法使えないってバレるだろ」

リゼの肩に乗って小声で、周りに聞こえないように話し掛ける。お前が無能なのがって言いかけたけど、それをすればこいつは大声で反論して騒ぎそうだしやめておいた。

「それは……どうしようね。なんとかして、わたしが魔法使ってるように見せられない？」

「どうやって」

「最初に風を、わたしの杖の先に集めるイメージで、そこから撃てばわたしが使ったように見えるでしょ？」

「……やってみる」

果たしてそんなことができるのか。やろうと思えばできるかもしれないけど、多くの敵を前にしてぶっつけ本番でやることじゃない気がする。

ええい。もうどうにでもなれ。

狩人たちが言うには、狼がねぐらとしている場所がこの周辺にあるらしい。そこを探して、あわよくば寝込みを襲う。

とはいえここは、既に奴らの縄張り。いつ襲われてもおかしくはないから、狩人たちは警戒を怠らない。

やがて、先頭を歩く狩人が何かを見つけた。

地面に狼の足跡があると声が上がる。しかも新しい。つまり、この近くに敵がいる可能性が高いということだ。

場に緊張が走るのがわかった。それからややあって――、

「いた……」

誰かが静かに言って、森の奥を指し示した。俺もそちらへ目をやり、息を呑《の》んだ。

大きい月に照らされて、銀色の毛並みを輝かせている美しい狼。それが、木々の向こうにはっき

りと見えた。

四つん這《ば》いの姿勢であるにもかかわらず、体の高さは一メートル半ぐらいある。それこそリゼと同じぐらいで、俺の知っている平均的な狼よりもずっと大きい。

そしてそいつは、こちらを真っ直ぐに見ていた。松明の明かりが目に付いたのだろうか。狼の目が月明かりを反射して怪しく光る。狼が、遠吠《ぼ》えすべく口を開けようとした瞬間、

「放て」

フィアナの父親の命令で、狩人たちが一斉に矢を放つ。全部が命中したわけではない。外れたり木に阻まれたりしたけど、一本の矢が狼の首付近を貫いた。遠吠えをしようとしていた狼からは、代わりに小さな呻《うめ》き声が出た。

すぐに狩人たちは二本目の矢を射る。今度はさらに多くの矢が刺さり、狼はばたりと倒れた。

狩人たちが確実にこれを殺すべくそこに駆け寄っていく。俺たちもそれに付いていこうとして
……狼がもう一頭いるのを目にした。

さっきの狼から少し離れた場所でじっとこちらの様子を窺《うかが》っている。

そいつは、仲間を倒されたのを見るや天を仰ぎ口を開いた。まずい、と思ったが、気づくのが遅れたせいで止めることなどできなかった。

――ウオオオオオォォォォォン!!

遠吠え。周辺一帯に響くその声に狩人たちは身をすくませた。このままだと仲間の狼たちが集結してくる。

「おいリゼ！　やるぞ！」

「う、うん！」

とにかくこれ以上仲間を呼ばないよう黙らせないと。リゼが狼に杖を向けて、俺もその杖に意識を集中させる。

「風よ吹け！　切り裂け！　ウインドカッター！」

リゼがそう叫ぶ。それと同時に俺も心の中で詠唱した。リゼの詠唱にタイミングを合わせてるから、周囲からはリゼが魔法を使ってるように見えるだろう。

杖の先端に風が迸《ほとばし》り、それが一気に凝縮され刃《やいば》となって狼に襲い掛かる。俺のイメージ通りの軌道を描くその刃は、真っ直ぐに狼の首を切断した。

「やった！」

「ちょっとグロいな……」

昨日のオークとは違って、初めて自分の意思で生き物を殺した。その感覚が少し心に刺さるけど、今はそんな場合じゃない。

「撤退するぞ。すぐに仲間の狼が来る。グズグズしてたら囲まれる」

フィアナの父が焦り気味に言う。

一頭くらいならどうにかなるだろうが、あの大きさの狼が複数現れるのはまずい。囲まれて一斉に襲い掛かられたら、さすがに対処できない。

「リゼさん……」

フィアナがリゼの近くに来る。自分の手でリゼを守るという意思は感じるけど、同時に不安もあるようだ。

そりゃそうだ。狩人としての訓練をしてきたとはいえ、経験の浅い子供だもんな。

フィアナの父の先導で元来た道を戻る。森の中に道なんてないように思えるけれど、狩人たちにはわかるらしい。こうした経験から来る知識は貴重だし頼りになる。今の俺にはどうしようもないことだ。

はぐれたら戻れなくなるかもという恐怖も感じながら、リゼと俺は最後尾で狩人たちに付いていく。少しでも不安が和らぐので、フィアナが近くにいてくれて良かった。

俺たちはできるだけ急ぎつつ、しかし音を立てずに移動していたつもりだった。だが、狼の方が森の中での移動に分があるようだった。

「前に一頭！」

フィアナの父の声が前方より響く。同時に矢を射掛ける音。さらに、

「こっちもだ！　右手にいる！」

若い狩人が叫んだ。そちらを見ると、一頭の狼が狩人の列に襲い掛かろうとしていた。

「か、風よ吹け！」

すかさずリゼが一歩踏み出し詠唱。でも実際に魔法を使うのは俺だ。そして俺は反応が遅れてしまった。

「切り裂け！　ウインドカッター！」

ずれた中でも精一杯、その詠唱にタイミングを合わせて風の刃を放つ。若い狩人に飛び掛かっていた狼の前足が一本切断され吹っ飛ぶ。

殺すには至らなかったが、とりあえず狩人が負傷することは避けられた。とどめを刺そうとリゼに言おうとしたその時、

「リゼさん後ろ！」

フィアナの声。振り返れば、また別の狼がこちらに襲い掛かる寸前だった。

リゼはすぐさまその狼に向き直って攻撃しようとする。けれど狼の方が速くこちらに飛び掛かってきた。

攻撃は間に合わないと判断したらしいリゼは、フィアナの手を取って跳ぶ。一瞬前まで俺たちがいた位置に狼が牙を突き立てていた。

他の狩人たちも、三頭目の狼の出現を把握しているようだが、先に出てきた二頭の対処で、こちらに手が回せないようだ。

若い狩人たちと正面から睨み合っている一頭と、フィアナの父と向かい合う、手負いでまともに動けないがなおも闘争心を失っていない一頭。

狩人らはリゼの魔法を頼っているのだ。こちらの方が危機だとは思えないだろう。

だから、こいつは俺たちでなんとかしないといけない。

「フィアナちゃん！　走れる!?　コータもしっかり掴まってて！」

リゼは返事を待たずにフィアナと共に駆け出す。普通の人間や鈍重なオーク相手なら、一旦距離

を取って態勢を立て直すというのはいいかもしれない。けれど敵は四本足の獣だ。

「リゼさん！」

数メートル走った所でまたフィアナが叫ぶ。狼があっさり追いついて、再度襲い掛かってくる。

人間の足で狼に勝つのは無理だ。

リゼはすぐに振り返り、戦おうと杖を構える。その寸前まで狼が迫ってきている。

――集え炎よ！　焼き尽くせファイヤーボール！

俺が心の中で唱えた詠唱。口に出す余裕はなかった。咄嗟に出した炎魔法は、なんとか俺の手からではなく杖の先端で発生させることができた。

そして杖を噛み折ろうとしている狼の、大きく開けた口の中で炸裂した。

月光と数本の松明以外に明かりがない夜の森に閃光が走る。それは狼の頭部を跡形もなく粉砕させた。

その衝撃にリゼは堪えきれず、フィアナと共に後ろによろけて、転倒した。

ただ転んだんじゃなく、足元の段差に足を取られたのだ。

「きゃあああ！」

暗くて気づかなかった。幸い段差は一メートルにも満たない低いもので、落ちても大した怪我にはならないと思う。リゼの悲鳴と共に落ちた俺は、彼女の肩から投げ出されて少し離れた場所に落ちた。

「ぐえっ……おい、二人とも無事か!?」

たぶん大丈夫だとは思いながらも、薄闇でリゼとフィアナを探す。

程なくして二人を見つけた。二人は折り重なるようにして倒れている。目立った怪我はないようで、起き上がろうとしていた。すぐにそっちに駆け寄ろうとして、

「ガルルルル……」

「おいおい。マジかよ……」

今一番聞きたくない声に、俺は血の気が引く思いだった。

新手の狼の出現。しかも複数だ。そのうち一頭は、これまでの狼よりも一回り大きい。体高が二メートル弱といったところか。人間に比べてもあまりにも大きい。その隣に既に見慣れた大きさの狼が一頭と、少し後ろに他と比べるとかなり小さく幼い印象を持つ個体が二頭。

群れのリーダーとその家族、あるいはまだ小さい子供を守る役目を負ったもの。そんな印象だ。

ということは、ここが群れのねぐらか。探していたものではあるけれど、こんな形で見つけるなんて望んでいないぞ。

だが、そんなことは狼には関係のないこと。今の俺たちはねぐらを荒らしに来た敵か、食料にしか見えないだろう。

狼の視線は俺ではなく、その向こうにいるリゼとフィアナに向いていた。ぬいぐるみの俺は視界に入っていないのか、あるいは獲物とみなされていないだけなのか。とにかく、俺に目が向いてないなら勝機はありそうだ。

大きな二頭が真っ直ぐにリゼたちに走っていく。跳び上がり、勢いよく獲物へ躍り掛かった。

ちょうど、俺の頭上を跳び越える形で、見上げた俺の上を狼の腹が通り過ぎていく。

ひときわ大きい個体の腹に狙いを定めて、頭の中で詠唱。放たれた風の刃がボス狼を胴体から真っ二つに切り裂いた。

これで一番の強敵は倒した。勝利を確信する俺の体に、狼の死体から吹き出てきた血や臓物が大量に降り掛かる。

ぬいぐるみの体が狼の体液を吸って、俺は急に体が重くなるのを感じた。

「な、なんだよこれ……!?」

体が思うように動かない。そうか、この体って布でできてたんだった。直後にベシャリと落ちてきた狼の体を、恨めしく見つめる。

狼はまだ三頭いる。そしてそのうち一頭はリゼたちを狙っている。

「ううっ……ほ、炎よ……」

リゼの方を見れば、もう一頭の大人の狼が彼女に噛み付こうとしているところだ。リゼは杖で狼の噛み付きを防御しながら、かろうじてまだ生きている。杖は頑丈なのか、狼でも噛み折れないようだが、リゼは力負けしてじわじわと押されていた。

狼の恐ろしい威嚇の声にもリゼは歯を食いしばって耐える。

「リゼさん！　早く！　魔法で！」

そしてフィアナは子供の狼二頭に迫られ、こちらも危機に陥っている。

今にも飛び掛かりそうな狼に対して、フィアナはナイフを持って牽制する。弓は落ちた時に折れたのか真っ二つになって、地面に転がっている。

二人の背後は壁。これでは逃げられない。

「ふ、ファイヤーボール！」

しばらく炎を溜めて放ったリゼのファイヤーボールは、しかし全くと言っていいほど威力がなかった。それを横目で見ていたフィアナは愕然とする。

「そんな……リゼさん、魔法は……」

「っ！　ファイヤーボール！」

何度やっても同じ。少しばかりの炎が出てきて、それだけ。

狼を倒せないのも問題だけど、リゼをすごい魔法使いだと思っているフィアナの表情がだんだん曇っていっているのも、リゼにとっては重大な問題だろう。

とにかく危機をなんとかしないと。体が重くなったせいでここから動くのは大変だけど、魔法は撃てるはず。

まずはリゼを襲っている個体を倒すべきか。ウインドカッターを撃てば一発で殺せるだろうが、下手をすればその向こうにいるリゼごと真っ二つ。じゃあファイヤーボールで焼く方がいいか。

ぐずぐずしている暇はない。その間にもリゼはまたファイヤーボールを撃とうとして失敗しており、食い殺されるのが先か信用の失墜が先かという状況だ。

「リゼさん……炎の魔法、得意じゃないんですか？　でも昨日の夜はあんなに大きなファイヤーボールを……」

「そ、それはっ！」

それはきっと、昨夜俺が森で空に向かって放ったものだ。フィアナはそれを見ており、翌日村に現れたリゼの仕業《しわざ》だと思ったのだろう。

フィアナは本気でリゼをすごい魔法使いだと思っている。そしてその幻想が今、崩れた。

その時、狼の顎の力に耐えきれなかったのか、リゼの杖にヒビが入ったようだ。

ぱきりと、空虚な音が響いた。

ヒビが入ってからはあっという間に折れた。真ん中付近から真っ二つになった杖は、狼の口を自由にしてしまう。

「え、ちょっと待ってまずい！」

魔法が使えないことがバレたなんて些細《ささい》なことだ。自由になった狼は、すぐにリゼの頭に噛み付こうとする。

リゼは咄嗟に伏せ、狼を回避した。

よし、今だ！

「リゼ、そのまま伏せてろ！　風よ吹け！　切り裂けウインドカッター！」

リゼを上から噛み殺そうとしている狼の尻に、風の刃が直撃する。放つ際、敵を確実に殺せるように、鋭くなるようにと意識した。その結果、風の刃はそのまま胴、首、頭と順番に裂いていき、ついでにリゼの背後の壁にも大きな裂け目を作って消えた。

地面に伏せたリゼはなんとか無傷。狼の血は大量に浴びているが、命は助かった。

けれど、危機はまだ終わってない。フィアナはまだ襲われているのだ。

「わ！　やだ来ないで！　助けて！」

狼の子供がついにフィアナに襲い掛かる。二体同時に飛び掛かった狼に対して、フィアナは驚きながらも一体にナイフを刺す。子供でも狩人の端くれといったところか。

だが、その間にもう一体が確実にフィアナの喉に噛み付く軌道で迫る。

絶体絶命のその時。

「させないんだから！」

狼の死体から這い出てきたリゼが、折れた杖を狼に向かって振ってはたき落とした。

悲鳴なのか、形容し難い声を上げながら狼は地面に叩きつけられる。

リゼは、そいつの体にもう一度杖を思いっきり振り下ろした。断末魔のような絶叫を上げ、狼は動かなくなる。

たぶん、わずかに動いていることから狼は死んではいない。まだ死んでいないだけで、放っておけばすぐに息絶えるだろうから、倒したと言っていいだろう。

周囲に他の狼の気配はなかった。リゼとフィアナの息の音だけが聞こえる。

危機は去ったらしい。

万事上手くいったと言うことはできないけど、リゼもフィアナも無事に生き延びられた。

☆☆☆

「ごめんなさい……なんというか、その。わたし実は、魔法があんまり使えなくて……えっと……コータの方がずっと魔法が上手くて、それに助けてもらってただけで…………ごめんなさい」

リゼとフィアナ、二人並んで膝を抱えて座って休む。

俺はリゼの肩に乗っているが、口を挟むような気分じゃない。

そもそもさっきからフィアナは、膝に顔を埋めて黙っているだけ。リゼが一方的に喋って、謝っているだけだ。

フィアナが失望しているというのはわかった。

この子が最初に、魔法を見せてほしいと言ってきた時の顔。ただの手品を魔法だと思いこんで無邪気に喜んでいた様子を見るに、きっと彼女はリゼのことを偉大な魔法使いだと信じていた。

けれどそれは嘘だった。すごいのは使い魔の方で、リゼ本人は全く才能がなくて、そしてフィアナが一番怖がっていた瞬間に魔法を使って助けてくれなかった。

リゼは途中で言葉を詰まらせてしまった。さすがに悪いと思ったのか、言葉が続かないようだ。

なんだか落ち込んでいるように見える。

リゼとは昨日今日の付き合いでしかないけど、こんな表情も見せるのかと少し意外に思った。

「おーい！　フィアナ！　リゼさん！　無事かー!?」

フィアナの父親の声が聞こえる。

いつの間にかいなくなっていたから心配していることだろう。俺が声を上げて返事をして、場所と無事を知らせる。

リゼもフィアナも、何も言わなかった。

その後、全員で無事に村に帰り着いた俺たちは、村長たちから称賛を受けた。

俺たちが殲滅《せんめつ》したのは間違いなく狼のねぐらであったらしい。村人たちは結果に満足しているようだ。

村長は、「あなたは本当にすごい魔法使いなんですね」とリゼの手を取り、丁寧にお礼を言った。

たぶんそれで、リゼはさらに傷付く。それでも表面上は明るい笑顔を繕っていた。村人たちが口々にリゼを褒めてお礼を言うのを早めに切り上げさせて、宿の部屋に急いで戻る。

俺も、たぶんリゼも、あまり人と話したい気分じゃない。

「それでリゼ。これからどうするんだ。フィアナはたぶん、本当のことを村のみんなに話すぞ」

そうなれば、この魔法使いはやはり魔法の才能がないリーゼロッテ・クンツェンドルフだと、みんな確信するだろう。村を救った英雄からお尋ね者に転落だ。

俺からすれば、どちらも正しいリゼの姿なんだけど。

「うん。そうだねー」

まだ落ち込んでいるのか、リゼは静かにそう返した。

「村長たちは宿代は出すからしばらく村にいていいって言ってくれたけどさ。早めに村から出た方がいいんじゃないか？」

「うん。わかってる。ちょっとこっちに……ううん。動きづらいよね」

そう言ってリゼは俺の体を抱え上げて、水の入った桶《おけ》に入れた。部屋に入ってすぐ、汲《く》みに行った物だ。

被った狼の血が、俺の体に染み込んでいる。血が乾燥したから、さらに体がバキバキに固まって動きづらくなってしまった。喋るのは問題ないけど、動くには布から血を抜かないといけない。

そんなわけでお風呂タイムである。ぬいぐるみの体なら必要ないと思っていたけれど、こんなところで女の子に体を洗ってもらうことになるとは。

風呂っていうか桶に張った水だけど。感覚はあるので冷たいが、それは仕方ない。

血が水の中に溶けていき、だんだん体が動くようになってきた。

完全に血が抜けきるまでしばらく掛かるだろうし、そこからさらに乾かさないといけないと考えれば手間だな。やっぱり普通の体が恋しい。

使い魔のことを気遣ってくれるのは嬉しいが、こいつがこんな調子だとなんだか調子が出ない。

「ていうかリゼ、お前も体洗えよ。ていうか着替えろ。ずっとその格好でいるつもりか？」

「ううん。いい」

狼の血で汚れているのはリゼも同じだし、地面に転がったり倒れたりで服も顔も泥だらけだ。そのままだと気持ち悪いだろうに、リゼは気にする様子もなくベッドに倒れ込んだ。

もう何も考えたくない。どうにでもなれという捨て鉢な気持ちが見える。

間違いなく自業自得とはいえ、フィアナを失望させたことが辛いんだろう。

こういう時にどんな風に慰めてやればいいのかなんて、俺にはわからなかった。

けれどこんなのでも旅の相棒だから、ずっとこの調子だとまずい。

かといって悠長に立ち直るのを待っている場合でもない。リゼがリーゼロッテだと村人たちが知るまで、時間はあまり掛からなさそうだ。

何より落ち込んでる女の子をそのままにしておくのは、俺の気持ち的にもあんまりいいものじゃない。だが俺は無力だった。こういう時はどんな魔法を使えばいいんだろうな。

「あの。リゼさん、いますか?」

その時、部屋のドアの向こう側から声がした。

フィアナだ。

ベッドに倒れていたリゼの体がピクリと震える。今一番会いたくない人間が、何故来訪してきたかはわからない。でも会わないわけにはいかない。

逡巡の後、リゼは立ち上がって扉を開けた。

部屋の前に立っていたフィアナは、なんだか思いつめた表情で、しばらくその場で凍りついたように動かないでいたと思ったら、やがて意を決した様子で言った。

「あ、あの! リゼさん! 実はわたしも謝らないといけないことがあるんです!」

うん? 予想外の言葉に、どうも話の方向性が見えなくなった。

とりあえず落ち着いて話を聞こうと、ベッドへ腰掛けてもらう。

ちなみに俺はというと、入浴を継続中。体のどこかをぎゅっと押したらいくらでも血が染み出てくるというこの感覚、正直言ってキモい。

フィアナは少し長い時間、迷ったような沈黙を続けた後、ぽつりぽつりと話し始めた。

「実は……狼退治をしようっていうのはお父さんのアイディアじゃないんです。わ、わたしが考えたことなんです。みんな狼に困ってるから、すごい魔法使いさんなら助けてくれるって思って……」

ややしどろもどろに、フィアナは話を続ける。

「昨日の夜、西の空に大きな火の球が上がるのを見ました。それを見たのはわたしだけだったようで、朝になって何人かに話したけど信じてもらえなくて……でも、昼間にリゼさんが来て、この人だと思ったんです」

狼に襲われている時にフィアナが口走っていたことだ。彼女が見たファイヤーボールは、間違いなく俺が試しに撃ったものだろう。でも使い魔がこれほど強力な魔法を使うのは、この世界の常識とは外れたことらしい。

酒場で、フィアナが魔法を見せてほしいと言ったのはそういう理由かららしい。

リゼが本当に火球の魔法使いなのかを確かめたかった。そしてリゼは、手品を披露して自分は魔法使いだと村人たちに信じ込ませた。

リゼが魔法使いだと確信したフィアナは、こんなにすごい魔法使いなら村人たちを苦しめている狼を退治してくれると思った。この人こそ村を救う英雄だと。

そして、父とリゼに、狼退治の話を持ち掛けたのだという。

「つまり、昼間フィアナがここに来たときは、まだ村長さんたちは狼退治なんて考えもしてなかったってことか？」

俺の問い掛けにフィアナはこくこと頷く。最初にリゼを説得して、それから父親に相談した。

俺たちの認識とは順番が逆だ。

村人たちが自力で狼対策をしなければいけない状況だったのは間違いない。リゼの正体を巡って、放置する派と少数の領主に連絡しようとする派ができたのも本当のこと。

狼退治を考えたのが誰かというのが嘘だった。

そしてその結果、リゼの嘘はバレて、フィアナは危うく死にかけてリゼに裏切られたと思うハメになった。

「そうだったんだ……。わたしのせいで怖い思いさせちゃって、本当にごめんね」

「違うんです。なんというか……わたしの思いつきでリゼさんに危ないことをさせてしまったのが本当に申し訳なくて。リゼさんのことを誤解してたのもわたしの勝手ですし、それも謝らないとって思ってたのと、それと、それと……」

フィアナは、リゼのことを悪く言うつもりはないらしい。あくまでも全ては自分の誤解のせいだと思っているようだ。

話を聞くうち、リゼの目にだんだん生気が戻ってきているように見えた。

「リゼさんは、ちゃんとわたしのことを助けてくれました。あんなに大きな狼が襲ってきたのに、魔法が使えないってわかってるのに、逃げなかった。わたしを守るためですよね？　それに、杖で狼を叩いて殺したり……わたしのために、リゼさんはしっかり戦ってくれました。だから、すごく感謝してて、あの……」

フィアナはベッドから立ち上がり、リゼに向き直る。

「こんなわたしを守ってくれて、ありがとうございました！　リゼさんは本当にすごい人だと思います！　それで、嘘つきのわたしですけど、えっと……リゼさん、お友達になってくれますか？」

「もちろん……！　もちろんだよ、フィアナちゃん！」

「わっ!?」

リゼも急に立ち上がってフィアナを抱き締めた。驚くフィアナに、泣きそうな笑顔で語り掛ける。

抱き締められてるフィアナにはその表情は見えないだろうけど、気持ちは伝わるはず。

「こっちこそごめんね！　でも、いつかは本当にすごい魔女になるから！　嘘じゃないから！　それに、フィアナちゃんはもう友達だよ！　最初に会った時から、ずっと友達だよ！」

「はい……はい！　そうですよね！」

きっとフィアナも、泣きながら笑ってるんだろう。声でわかった。

なんにせよ、リゼの元気が戻ったことは良かった。

「あ、コータさんもありがとうございました。あの魔法は全部コータさんがやってくれたことなんですよね？　昨日の火球もコータさんがやったんですよね？」

ひとしきり思いを伝え合った後、フィアナはこっちを向いて俺にも感謝を伝えてきた。使い魔のことも忘れないなんて、いい子だな。

「そうだな。リゼ一人じゃ、ロクに火も熾せないんだぜ」

「そうなんですか？　コータさんもすごいです！　お友達になってください！」

「ねえねえフィアナちゃん。わたしとコータ、どっちがすごい？」

俺に注目を取られたのに嫉妬したのか、リゼが横から話し掛けてきた。いつもの調子が戻ったのは嬉しいが、ウザい。

「え？　……ふたりともわたしを守ってくれたのは同じですけど……狼をたくさん倒したのはコータさんの方ですよね？　じゃあ、コータさんの方が本当の村の英雄ですね」

「はうあっ!?」

なんだよその悲鳴。

のけぞってショックを受けるリゼに、フィアナはくすりと微笑んだ。

「あ、でもリゼさん、本当は魔法が使えないってこと、村には知られちゃいけないんですよね？　大丈夫です、それは秘密にしますから。本当はコータさんの方がすごいってこと、わたしだけはしっかりわかってますから！」

「ふ、フィアナちゃん！　わたしも！　わたしのこともっと褒めていいんだよ!?　それにコータを喚び出したのはこのわたしなんだから！　ほらもっと褒めて！　褒めてくださいフィアナ様ー！」

年下のフィアナに縋りついてお願いするリゼの姿はみっともないし、それに笑顔を向けているフィアナを見るに、どちらが年上なのかわからなくなった。

気がつけば、空が白み始めている。また長い夜だったな。フィアナは、リゼと一緒に寝たいと父親たちに言ってここに来たようだ。

そういうわけでリゼとフィアナは、同じベッドに仲良く並んで寝ている。これだけ見たら仲のいい姉妹のようにも見えるなと思いつつ、俺も眠りにつくのだった。

ちなみに桶の中の水に入ったたままだ。血が抜けるまではもう少し時間が掛かるらしい。

☆☆☆

時計がないから何時なのかはわからないけど、目覚めた時には太陽はかなり高い位置にあった。昼まで寝てたってことか。ベッドの方を見ると、リゼとフィアナはまだ眠っていた。

村長たちは狼退治のお礼として宿代と食事代を出してくれるし、しばらく滞在してくれていいと言ってくれた。リゼの正体がバレるかもという懸念も晴れた。

未《いま》だにリゼを追う存在はあるから、一つの場所に長居するのは得策ではないけど、少しゆっくりするのもありかもな。

ふと自分の体を見る。桶に張られた水はすっかり赤茶けた色になっている。完全にというわけにはいかないけど、体に染み込んだ血はだいぶ抜けたようだ。後は体を乾かせば復活だ。

……俺の体感時間にして、約一時間後。

「ぐえー！　やめろ！　痛い苦しい！」

「えー？　だってこうしないと、綺麗にならないでしょう？」

リゼは外で俺の体を雑巾《ぞうきん》みたいに絞っていた。血が混じった水がドバドバと地面に落ちて染み込んでいく。

ぬいぐるみの体だから、こんなことされても怪我したりするわけじゃない。けど、かなり苦しい。

リゼは水に浸けた程度では不十分だと思ったのだろう。起きたらまず最初に、桶ごと俺を水場まで持っていき、水を換えてじゃぶじゃぶと俺の体を洗い始めた。ていうかお前こそ、昨日から着替えてないだろ。服が血と泥だらけのままでどれだけ過ごすつもりだ。

どうもリゼ的には使い魔の体のことが優先のようだ。

それからも繰り返し水に浸けられては絞られを繰り返し、ようやくリゼにとって満足のいく程度の綺麗さになってから解放された。

死ぬかと思った。

「リゼさん、お母さんのいらなくなった服持ってきました。それと地図も。あの服もお洗濯しておきましたので、夕方には乾くそうです」

「おー。ありがとうフィアナちゃん！　やっぱり持つべきものは友達だね！」

「えへへ……」

「いいのか。友達を雑用に使ってるんだぞこいつ」

まあ、地図と服に関しては俺の頼みでもあるんだけど。

俺を洗濯して満足してから、リゼは替えのローブに着替えた。デザインが同じローブでは、着替えの前後で印象が変わることもない。

さて、フィアナに持ってきてもらった服。これは、旅に出る上で必要な準備だ。

たぶんこれからの旅で立ち寄る場所でもリゼはお尋ね者で、そこでいちいち手品を披露するわけにはいかない。魔法使いの格好をしてれば必ず疑われるだろうし、お前がリーゼロッテかと尋ねられるだけでもかなり面倒だ。

だから魔法使いのローブは脱いでもらって、別の種類の女の子に見えるような格好になってくれと言ったところ、あっさり承諾してくれた。

村娘が旅に出ました、というような格好なら良さそうだから、いらない服があるかどうかフィアナに尋ねてみた。フィアナの服はリゼには小さすぎるから、親しい大人の女性の服。これを仕立て直せばいい。

リゼが遅い朝食を摂《と》り終えるのを待って、みんなで部屋に戻る。本当はフィアナまで来る必要はないんだけど、いても困るわけじゃないから一緒に戻った。

「お裁縫なら任せて！　得意だから！」

リゼが鞄から裁縫道具一式を当たり前のように出してくる。普段からこれ持ち歩いてるってことは、裁縫好きなのかもしれない。俺の体になっている猫のぬいぐるみも、そういえばリゼの手作りだった。

手品といい裁縫といい、手先の器用さに関しては素直に褒められるだけの技量を持っている。魔法使いの才能がなければ失格という家に生まれたのが、こいつの最大の不幸なんだろう。

さて。裁縫をしながらもう一つの問題を考えることに。

フィアナが持ってきてくれた地図を広げる。この村では村長の所にしかない、貴重な物だ。この世界では紙は基本的に高価な物らしい。恩人の役に立つならと快く貸し出してくれたそうだ。

村長が持つのは、この村を含めた領地一帯の様子を簡潔に描いた物。

ここの領主様から配布された物らしく、領地は全部カバーされている。一方でそれ以外の場所についてはあまり描かれていない。さらに言えば領土内も、点在する村や領主様のいる中心地である街の位置関係や、道の繋がりがわかるという程度。正直、あまり使えた物じゃない。

まあいい。これを見ながら今後の旅の方針を決めるぞ。

「二人の旅の目的ってなんなんですか？」

旅という言葉が出てきたら、ふとフィアナが尋ねてきた。

「わたしは、立派な魔女になる修行をして、家に帰らないこと」

「俺は、元の世界に戻る方法を探して、家に帰ることだ」

服をハサミで裁断してちょうどいい大きさに仕立て直しながら答えるリゼと、その隣で座りながら答える俺。

「真逆なんですね」

「そうだなー。ていうかリゼ、家に帰りたくないから旅に出るってやっぱり変だと思うぞ？」

「いやいや。そんなことはないよー？　故郷なんて狭い場所に閉じこもるのはゴメンだー！　みたいな感じで旅に出るのは珍しいことじゃないよ？　ていうか、家に帰るために旅に出てるコータの方が変だよ！　冒険しに行くんだよ？　なんで帰ることばっかり考えてるの？」

「俺は冒険もしたくない！　旅に出ることになったのはお前のせいだろ！」

「ぎゃんっ！」

跳び上がってリゼの背中を思いっきり叩く。ぬいぐるみの体でもそれなりに痛かったのだろう。まだ体に水分も残ってて重い一撃になっただろうし。リゼは変な悲鳴を上げた。ざまあみろ。

フィアナはそんな俺たちを見つめながら、楽しそうに笑う。

「二人は本当に仲がいいんですね」

「そうなんだよねー！　わたしたちって本当に最高のコンビだと思わない？」

「ぐえっ」

やめろ。抱きつくな。そこは二人揃って否定するべき場面じゃないのか。おいこらやめろ。

フィアナには他言無用と言った上で、旅の事情は全部話した。リゼの家のことも、泥棒したことも、それから俺の出身のことも。魔法はないがこの世界よりも遥かに科学の発達した世界に、フィアナは関心を持ったようだ。俺の帰るべき世界に、憧憬《しょうけい》を抱いたように思索に耽《ふけ》っている。

とにかく、俺の旅の目的ははっきりしている。こんな世界にはあまりいたくないし、人間にも戻りたい。元の世界でだってあまり面白い生き方してたわけじゃないけれど、家族や友達はいたわけで。そういう人たちが、今頃いなくなった俺のことを心配してると思う。彼らを悲しませることには罪悪感があるし、帰れるものなら帰りたいのが本心だ。

でもまあ、なんだかんだでリゼのことは嫌いじゃなくなってきているし。あとどうせ、帰る方法が見つかるまで時間は掛かるだろうなという覚悟もしている。それまではこいつに付き合ってやろうと思う。

さて、そんなことより旅の方針だ。

鬱蒼とした森に覆われている土地の中に、浮島のように村々が点在していて、その間を細い道が繋いでいる。全部の村がそうだし、領主様の住んでいるのはちょっと大きな街ではあるが、それも森に囲まれていることに変わりはない。

地図で描かれている範囲でいえば西の端の辺り。そこに俺たちが今いる村が描かれていた。領主様の領土的にも、この村は端に存在するらしい。

それより西側には魔法学校があるが、そこは国の直轄地である。

「なんたって王立魔法学校だからねー。ちなみにイエガンがあるのがここの辺り」

リゼが地図の外、この村の西側を指し示す。ちなみにイエガン魔法学園も森に囲まれた場所にあるという。

「そして、わたしの家があるのはさらに西。この国の首都レメアルディアがこの辺り」

さらに西側にずっと行った所を指さす。魔法使いの名門っていうのは、やはり首都に住まいを構えるものらしい。

「そういえば国ってなんだ？　いや国が何かは知ってるんだけど、自分が今いるのがなんて国かってのもそういえば知らなかったと思って」

「レメアルド王国。この大陸の中で二番目に大きな国だよ。大昔にレメアルドって英雄が建国したんだって。王様の名前も代々レメアルドだよ。で、旅に出るにしてもこっちには行けない」

「それはわかる。学校にも戻りたくないし、首都には家があるもんな」

それは、リゼの旅の目的としては絶対に近付きたくないものだろう。だから、とりあえずは東に進んでいくということになるか。

「東にずっと行けば、レメアルドで二番目に大きい街があるんだよね。ザサルっていうんだけど。とりあえずそこを目指すべきだと思う。そこに行けば本物の魔法使いが大勢いるし、魔法の本がたくさんある図書館とかがあるから、わたしは修行ができるしコータの帰る方法もわかるかも。それからさらに東に行って、外国に行くとか」

国を出てしまえば、リゼのことを追いかけている人たちもなかなか手が出せなくなるという目論《もくろ》見《み》もあるんだろうな。

「まあ、それはこのザサル？　っていう都市に着いてから考えよう。とりあえずはここに行くんだな？」

「でも遠いから、お金が足りないかも」

途中で何か食べるにも寝泊まりするにも金が掛かる。野宿はできるだけやりたくないし。リゼは金も盗んだそうだから今はまだ余裕があると言っても、いずれ尽きるだろうし。

「どうやって旅費を稼ぐんだ」

「ギルドで働く」

ギルドか。昨日もその単語を耳にした気がする。

ここに依頼をすれば金が掛かるということは、ここの依頼を受ければ金が稼げるということか。金は絶対に必要だから、なんらかの方法で稼がないといけない。ギルドっていうのは俺たちみたいな旅人にも稼ぎやすい仕事を斡旋《あっせん》してくれるのかもしれない。

「フィアナちゃん。ここの領主が住んでいる街にギルドってある？」

「あ、はい。あるらしいですよ。三年ぐらい前に設置されたって聞きました」

その街は、ここからもう一つ村を挟んで道一本で行ける。ここなら手持ちの金で普通に辿《たど》り着けるかもしれない。そこからは、ギルドで稼いだ金で進んでいけばいい。

「よしコータ！　とりあえずここで稼ごう！」

「ああ……わかった。ちなみに稼ぐって言ってもどんなことするかわからないんだけど……」

「昨日と同じ感じかな！　狼の被害に困ってるから、代わりに退治してくださいみたいな依頼が来る。で、それを受けて狼を退治できたら、依頼者からお金がもらえる」

「つまり、昨日と同じようなことをしなきゃならないわけか……」

昨日は結構酷い目に遭ったような気がするが、あんなことをこれから日常的にやるのは気が引けるというか。いやしかし、それぐらいしか稼ぐ方法ってないのかもしれないな。

「大丈夫だよ。わたしたちならなんとかなる。頼りになる仲間を探して一緒に戦えば上手くいくよ。それに、人助けだと思ってさ」

「………」

リゼはお尋ね者だ。勝手な理屈で盗みだって働いたその手で人助けとは。けれど、リゼがこういう奴ってのはよくわかってる。根は危険を顧みず友のために戦えるいい奴。そしてそういう部分は、俺も嫌いじゃない。

「わかった。やってやる。一緒に冒険しよう」

「わーい！　やったー！　コータ大好き！」

「ぐえっ！　だから！　それはやめろ！　抱きつくな！」

これにも慣れていかなきゃいけないのかな……。

まあ、とりあえずの方針が決まったのはいいとしようか。

そんな俺たちを、フィアナは少し羨ましそうに見つめていた。

☆☆☆

「本当にお世話になりました」

翌日の朝。完成した服に早速着替えて、その辺の村娘にしか見えなくなったリゼが村人たちに頭を下げていた。ローブは鞄の中だし、折れた杖はもったいないけど捨てた。魔法使いとわかる要素はゼロだ。

「こちらこそ。なんとお礼を申し上げていいやら。狼を退治し村を救っていただき、ありがとうございました」

村人を代表して村長がお礼を言った。

準備も整ったし方針もとりあえず決まった。だったら長居は無用だ。ここの村の人たちはみんないい人ばかりだったし別れは寂しいけど、俺たちにも目的があるわけだし。

「あの！　リゼさん！　コータさん！」

それから、フィアナも声を掛けてきた。この子には特に助けられた。これからも元気で……と言おうとして、そこで気づく。フィアナの格好が狼退治した時の狩人装備であることに。

「お願いがあります！　もし良かったら、わたしも旅に一緒に行ってもいいでしょうか……？　力になれると思います！」

「えっと………」

これは予想していなかった。見れば、彼女の父親も頭を下げている。

「申し訳ありません。昨日の晩、急に言い出しまして。どうしてもリゼさんたちと冒険に出たいと……。ご迷惑ならお断りいただいても構いませんので」

小さな村から出て外で冒険したい。できれば尊敬できる人とか、信頼できる人と一緒に。

フィアナにはそんな憧れがあったんだろう。そしてリゼは、フィアナにはそういう人に映ってしまった。

とはいえどうしよう。村の中では助けになったフィアナだが、俺たちとしても経験がない旅の中でこの子を守り切れるかといえば……。

「もちろんいいですよ！　フィアナちゃん！　これからもよろしくね！」

「おい！」

「わーい！　ありがとうございますリゼさん！　よろしくおねがいします！」

こいつはまた、深く考えずに同意しやがって。フィアナも喜んでいるし、村人たちもこの村から立派な冒険者が、みたいに嬉しそうだ。俺一人が反対しても、この雰囲気は覆せなさそう。

仕方がない。一緒に頑張るか。それに、リゼを制止する役目は俺一人じゃ少し荷が重いし、人手が少しはあった方がいい。

こうして、俺たちの旅が始まったのであった。

第三章

王立イエガン魔法学園。かつてレメアルドの王が直々に設立を指示したこの魔法学校は、レメアルドに数校ある中で最も格式ある名門校だ。

そこの女子寮の一部屋で、ある女子生徒が頭を悩ませていた。

「まずいわね……。どうしたものかしら」

彼女の名前はファラ・ニベレット。ニベレット家は代々優秀な魔法使いを輩出している名門だった。

ニベレット家の現当主はファラの父親だ。他にきょうだいが複数人いる中で、ファラは少し特殊な立ち位置だったが、裕福な名家の息女らしく、何不自由なくこれまで暮らしてきた。

ファラ自身の魔法の才覚も申し分ないもので、イエガンに入学することになんの支障もなかった。

ここまでは順調だった。ここまでは。

ファラの手には父親から送られてきた手紙。そこに書かれていることを要約すれば、家にあるはずの使い魔召喚の魔導書がなくなっているが、ファラの荷物に紛れていなかったか、というもの。

結論から言えば、間違いなく紛れていた。というよりはファラが意図的に紛れ込ませた。もっと言うなら勝手に持ち出したのだ。

イエガンに行くにあたっての荷造りの際、役立ちそうな本をいくつか持っていこうと父の書斎に入った。そしてその魔導書を見つけた。

使い魔召喚の魔導書は市場では高価な物だが、ニベレット家にとっては手の届かない物ではない。書斎の中を見渡しても、同じような召喚の魔導書が数冊はある。一冊ぐらい持っていっても許してもらえるだろう。

今までそんな種類のわがままは聞いてもらえていたし、今回も大丈夫なはず……というのがファラの目論見であった。

学生のレベルで使い魔を持っていたり、あるいは魔導書自体を持っていることは滅多にない。持っていけば、周りと差をつけることができる。名門の出という経歴にさらなる箔《はく》が付くわけだから、父親も喜ぶはず。そんな考えで、魔導書を持ってきた。

事実として、この手紙も行いを咎めるような調子ではなかった。すぐに送り返せば問題なかっただろう。

問題は、魔導書がなくなっていたことだ。いつの間にか部屋の鍵が盗まれていて、魔導書とお小遣いの入った袋が消えていた。

持ち主がニベレットの令嬢と知っての蛮行だろうか。だとしたら命知らずにも程があるし、その落とし前は付けてもらわなければならない。

だが今は犯人への罰を考えるよりも、差し迫った問題として、魔導書そのものを見つけなければならない。

「ファラさん、そろそろ授業の時間が」

「黙りなさい！」

部屋の外から、ファラを慕って付いてきている同級生の女子生徒が声を掛けてきた。ファラはそれを一喝して黙らせる。

（ふん、庶民のくせに。名門ニベレット家のこの私と、仲がいいことがステータスになるから付きまとってきているのは知ってますわ……）

ファラは考える。盗んだのは誰か。おおかた、卑しい庶民の出の生徒だろう。血筋でもないのに偶然才能があったからこの学校に入った運がいいだけの者が、名門の出であるファラに嫉妬して嫌がらせをしたとか、あるいは貴重な魔導書が欲しかったとか、動機はそんなところだ。

魔導書だけ盗《と》ればいいものを、お小遣い程度のはした金まで一緒に盗っている辺り、卑しい身分の思考が隠せてない。

とにかく探して取り返さなければ。それも早急に。

犯人がここの生徒ならば、寮住まいが義務付けられた学園において逃げ場はない。必ず探せるはず。ファラはそう考えていた。

楽勝かと思われたが、ファラは一人だけ条件に当たらない生徒がいたことを思い出す。

（入学早々に退学になった哀れな女。あの子も名のある家の出だったかしら。ふ、魔法の名家の面汚しね）

嘲《あざけ》りながらも、ふと、ファラは「もしあの子が泥棒だった場合はどうすればいいのだろう」と考えた。

もし犯人だとしても、退学になってからもう既に一昼夜以上経っている。今さら追いかけようはないだろう。

それに、仮にも名家の出ならばそれなりに裕福であるはずである。そんな人間が金まで盗るような卑しい泥棒のようなことはするはずないと容疑者から除外することにした。

結果として、その判断は大きな誤りであるのだが、それに気がつくのはまだ先の話である。

☆☆☆

「ねえー。村はまだ着かないのー？」

「もう少しですから。リゼさん、がんばりましょう！」

「うー。リゼがんばる」

昨日の朝に村を出て、一日と半分歩いている。まあ俺はリゼの肩に乗っているだけだから楽なんだけど。

フィアナの村は他の村とは少し離れた場所に位置していたようだ。そして地図ではなく、実際に歩いてみるとより一層、その距離は遠く感じる。

なるほど、そんな辺鄙《へんぴ》な場所が狼に襲われていても、わざわざ数日掛けてギルドの人たちがやってくるかといえば難しいかもしれない。移動手段が徒歩か馬かということの世界ならなおさらである。

延々と歩き続ける道のりは、狩人としての経験もあり、豊かな自然の中で過ごしていたフィアナにとっては苦ではないようで、泣き言を吐かずに歩いている。

一方、都市育ちのお嬢様であるリゼにとっては歩きっぱなしは辛いらしく、定期的にぶーたれてはフィアナに宥《なだ》められていた。

まあ仕方ない。旅に出るというお前の決意の結果がこれだ、甘んじて受け入れるんだな。

そう思いつつ、俺たちは歩を進めている。

ちなみに昨夜は野宿だった。なるべく野宿は避けたい、と思っていた矢先にこれなので、この先を想像するになかなか大変に思える。

今度はきちんと交代で見張ったこともあって、幸いにして狼にもオークにも遭遇することなく朝を迎えることができた。なんだかんだで、俺たちは運がいいみたいだ。

体感で一時間ほど森を歩いていると、急に視界が開けた。

フィアナの村に辿り着いた時のように、少し先にいくつかの建物と人の姿が見える。どうやら、人里まで来られたようだ。

「やったー！　今日は野宿じゃない！　ベッドで寝られる！　わーい！」

「子供みたいにはしゃぐな！」

気持ちはわかるけど。

俺も野宿は嫌いだ。こんな体になったって、やっぱりベッドで寝られるのが一番なんだよな。さて、この村にもきっと宿場はあるはずだから、まずはそこに向かうこととしよう。

……と、はしゃぐリゼを伴い、手頃そうな宿場に来たのだけど。

「すまないな。宿はもう満員なんだよ」

「ふぉわっ⁉」

「なんて声上げてるんだ」

　フィアナのいた村でも泊まったような、酒場兼宿を見つけて入ったはいいものの、受付の男からはそう言われてしまった。

　外観もそう大きくは見えなかったし、元々そこまで大人数を宿泊させられるような場所でもないのだろう。たとえば何かあって、ちょっとばかりまとまった人が来ればそれだけで満員になるのかもしれない。

「リゼさん。とりあえずご飯だけでも食べましょう。ね？」

「ううっ……今夜はどうやって寝ればいいの……」

「いつまでそのままでいるつもりだ。起きろ」

　ガックシと床に崩れ落ちてうなだれているリゼを無理やり引っ張って起こす。みっともないからやめなさい。

　とりあえず食事を、といっても、酒場もかなり混んでいた。ちらほら空きも見えるので、女の子二人くらいなら座ることはできそうだ。二人はどこか空いてる席がないか探し、俺はリゼの肩の上から客たちを観察する。

　剣や弓、あるいは魔法の杖などといったそれぞれ得意と思われる武器で武装をしている老若男女。見た感じ年齢や人種にバラつきはありそうだが、皆それぞれに自分に自信があるというような振る舞いをしている。

つまりどういうことかと言うと、彼らは程度の差はありつつも、みんな態度がでかい。

それに、まだ昼だというのに酒を飲んでる人たちも多い。料理と酒を囲みながら、お互いに逞《たくま》しさを自慢し合ったり自分の武勇伝を語り合ったりしている。

戦うことが日常と化している人たちは、統率された軍隊には見えない。恐らく彼らが、

「ギルドに所属してる冒険者たち、なのか？」

「うん。たぶんそうっぽいねー」

リゼもその場の雰囲気に少し戸惑いながら答えてくれた。

なるほどこれがギルドか。当然といえば当然だけど、声がでかくて豪快そうな体育会系ノリの人が多いな。そういう人間は前衛職なのだろう。

反対に、インテリ系で大人しそうな人たちは杖やローブを着ているところから、後衛の魔法職だったりするのだろう。

必ずしも前衛後衛で性格が出るわけではないだろうけど、俺がギルドに入るなら、あんまり体育会系のノリが強くない、大人しめの人と組みたいものだ。

などと考えていると、誰かがリゼたちに声を掛けてきた。

「よう。もしかして君たち、ここの村の人？　ちょっとこの村のこと教えてよ。一緒に飯でも食いながらさ」

見れば、三人組の男だった。全員二十歳前後といった若い年齢だ。

店に入ってきた時から見ていたのかもしれない。男の影もないし、旅慣れたベテラン冒険者という風でもなかったので、馴れ馴れしく声を掛けてきたのだろう。それにリゼは村娘のような地味な格好をしている。話し掛ける理由としてはバッチリだ。

で、なんで声を掛けてきたのかといえば、要するにこれは、

「えー？　もしかしてナンパですかー？　やだー。わたしってそんなに可愛く見えへぐっ!?」

「おい。ナンパされてるってわかっててそんなに嬉しそうにするな」

「……すみません。わたしたち、ちょっとやらなきゃいけないことがあるので失礼しますね」

こいつらは女の子だけで歩いてるのを見ればすぐに声を掛けたがる不埒《ふらち》な人種だ。俺は何故か嬉しそうなリゼを叩いて黙らせ、フィアナが丁重にお断りの返事をしてリゼの手を引っ張り男たちの前から立ち去ろうとする。

ところが、奴らは想像よりしつこかった。

「そんなこと言わないでさ。ちょっとぐらいいいだろ？　もしかしてそっちの子は新人の冒険者かな？　何か困りごとなら手助けしようか？」

一人がそんなことを言いながら迫ってきて、あとの二人が逃げ道をなくすように前に回り込む。

なんて奴らだ。随分と手慣れてやがる。

「おい。相手する気はないから、さっさとどっか行け」

仕方ない。俺も口を出すことにする。リゼの頭の上に登って男を睨みつける。まあ、ぬいぐるみの体だから迫力なんてないだろうけど。

案の定、ナンパ男は面白くなさそうな表情に変わった。

「なんだぁお前？　妖精か何かか？　お前には用はないんだよ。さっさと妖精の国に帰れ」

そうしたいのは山々だ。ていうか俺ってなんなんだろうな。リゼが魔女なことを隠してる以上、俺の存在は謎だよな。

リゼは可愛いと思われたことでニヤニヤしていたが、俺のことを悪く言われた瞬間、今度は怒りをあらわにした。

「ちょっと！　コータのこと悪く言わないでもらえるかな!?　それにコータは妖精じゃなくてにんげむぐっ」

「余計なことを言うな！　それはそうと、俺たちもお前には用がないから、さっさと帰ってくれ。邪魔だ」

「邪魔だと？　言ってくれるじゃないか！　俺たちはギルドの冒険者で、困ってそうな女の子の味方をしてるだけなんだぜ？　相応の態度ってもんがあるんじゃないのか」

「知るか。何しに来たか知らないが、仕事だけしてさっさと帰れ。それとも何か？　ギルドっていうのは女の子をナンパするのが仕事なのか？」

「なんだとこら！　ふざけやがって！　やる気か!?」

「やれるもんならやってみろよ！」

言い争いが止まらない。ていうか喧嘩《けんか》になりそうだ。もしそうなったら、少なくとも殴り合いで勝ち目はない。

かといって店の中で魔法を撃つのはまずい。戦う選択肢はなしだろう。でも向こうは引かないだろうし……。

周囲の注目を集め、囃《はや》し立てる声も聞こえてきたその時だった。

「やめといた方がいいですよ。冒険者が一般市民に手を上げたら厳罰です」

割って入ってきた声。男の声だけど、ナンパ男たちとは別の第三者のものだ。

声のした方を見ると、リゼと同じか若干年上かなという年齢の男がいた。剣を腰に提げた冒険者だ。

その後ろに、フィアナと同い年ぐらいの男の子が立っている。こっちは魔法使いのようなローブで体を包んでいる。小さな体に比べてローブが少し大きい印象だ。

「なんだぁ、おめえは。お前もやる気か？」

ナンパ男がその冒険者にも突っ掛かっていく。でかい態度から来る全能感で誰彼構わず喧嘩を売るタイプの人間なんだろう。けれど売られた冒険者の男は涼しい顔だ。

「まさか。冒険者同士の私闘も厳罰ですから。わざわざ罪を犯そうってほど俺はバカじゃないです」

「なんだよお前。ビビってるのかよ？」

ナンパ男が冒険者の目の前まで来て凄むが、相変わらず冒険者は動じた様子を見せない。

「それは、何にビビってるかによって答えが違います。私闘を禁じる規則は怖いですが、あなたたちみたいな規則も知らないようなバカは怖くないです」

「おい。今お前、俺をバカって言ったか？」

「あなたを、ではなくあなたたちを、です。そこのお友達二人を含めてバカと言いました。自分のことしか見えてない辺り、本当にバカなんですね」

あいつ、喧嘩はまずいと言う割にはとんでもなく煽《あお》ってるな。大丈夫なのか。

ナンパ男の仲間二人も怒ったのか、冒険者の男の方に向かっていく。

「あの。今のうちに、逃げて」

それから、誰かがリゼの袖を引っ張った。あの冒険者の後ろにいた男の子が、いつの間にかこっちに来ている。

「今なら、逃げられる。早く」

「え、でもあの人が」

「カイなら、大丈夫。喧嘩にはならないし、簡単に逃げられる。行こう」

どうやらあの冒険者、カイと呼ばれた彼は俺たちを逃がすためにあんなことをしてくれたらしい。

幸いにして、この場の注目はカイとナンパ男に集まっている。俺たちが逃げても誰も気づかないだろう。

視線誘導は手品の基本か。なるほど。

ふとカイの方を見ていると、殴り掛かってきたナンパ男の一撃をひらりと回避したところだった。

「あー。手を上げてきちゃったかー。でも、俺は攻撃してないからまだ私闘じゃない！　そしてこれ以上こいつと話してるとバカが移りそうだから、俺は逃げます！」

そんなことを言ってるカイと俺の目が合った。彼はこちらに笑い掛けながらウインクした。

☆☆☆

酒場の外に出てからしばらく男の子と一緒に待っていると、カイが戻ってきた。ナンパ男どもは振り切ったようだ。

どうやって切り抜けたのか聞いてみると、

「あれからすぐに逃げた。店の裏手から出て、走ってまいた。まあここは小さい村だから、また鉢合わせしちゃうこともあるかもだけど」

カイは笑顔を見せながら説明した。人好きする、綺麗な笑顔だと思う。きっといい人なんだろうな。こちらを安心させるためか、親しげに話してくれてるし。

「助けてくれて、ありがとうございました」

俺がお礼を言いながら頭を下げると、リゼとフィアナもそれに倣った。カイはそれを見てまた笑顔になる。

何度見ても、警戒心を抱かせない爽やかな笑顔だ。

「どういたしまして。ほら、ギルドって人を助けるのが仕事だから。助けられる人は助けるべきかなって思う。……助けられない時は、仕方ないけど。俺はカイ。こっちの小さいのがユーリだ。よろしく」

「ユーリ。よろしく」

カイに名前を呼ばれて、男の子の方が短く言った。驚くほど真っ白な髪と澄んだ瞳が特徴的な子だ。

ユーリはこちらを見つめながら挨拶をする。

それから、カイが続けて言う。

「君たちは村の人、じゃないよね？　そっちの君は魔女っぽいし」

魔女っぽい。カイはリゼの方を向きながらはっきりそう言った。

指摘されたリゼは思いきり目を泳がせ、声を震わせながら大げさな身振り手振りを交えて言う。

「ななな！　何を言ってるのかな⁉　わたしはただの町娘のリゼだよ？　リーゼロッテなんていう魔女とは名前が似てるだけのただの別じにゃひんっ⁉」

今リゼの尻を叩いて黙らせたのは俺ではなくフィアナだ。

この子もだんだん、リゼの扱いがわかってきたようだ。俺は嬉しいぞ。

「隠してたならごめん。事情があるなら別に話さなくてもいい。でも、君は使い魔だよね？　だったら近くに魔法使いがいるはず。それが君だ」

「あー。うー。そうです。はい。わたしは優秀な魔女のリゼです。ただのリゼ」

「お前はもう黙ってろ。すいません。ちょっと訳あって魔女であることは隠してて……。俺が使い魔だってやっぱりバレちゃいますか？」

「まあ、他に可能性ってあんまりないから。喋る小さい人形なんて。言葉を話せる使い魔ってのも珍しいけれど、いないわけじゃない。俺も初めて見たけど。つまり妖精の国から来た、そういう使い魔ってわけだ」

「なるほど……」

今回バレたのはリゼのせいではなく、俺のせいだったようだ。

となると、リゼを魔法使いだとわからせない格好をさせている間は俺も動いたり喋ったりしない方がいいということか。よし、今後は気をつけよう。

カイは冒険者に関わる情報に詳しいらしい。その一環として、魔法使いがどういうもので使い魔がどういうものかを知っているということだ。

俺が実は妖精なんかじゃなくて、違う世界から連れてこられた人間だってのは説明したら長くなるから黙っておくことにした。

詮索はしないってカイ本人も言ってるし、下手に藪《やぶ》をつついたりしないことにする。

それより、カイが冒険者事情に詳しいならこちらからも聞きたいことがある。

「今日は大勢冒険者が来ているみたいですけど、なんでですか？」

宿屋に泊まれないぐらいの人数。屋外で軽く見回しただけでも同じような冒険者らしい人間が何人も見える。

フィアナの暮らしていた村とは明らかに違った、賑やかな光景だ。

「知らなかったの？　君たちもしかしてギルドの人間じゃない？」

「え、ええまあ。ただの旅人です。……西の方から来ました」

「そっか。なら知らないか。彼らはワケアの街から来た冒険者だ。ここから東にある小さな街だよ。

俺はワケアの住民ってわけじゃなくて、街にしばらく滞在してるただの旅人だけど、便乗して付いてきた」

「領主様がいる街ですね」

フィアナがリゼと俺にだけ聞こえるように小さく言った。なるほど、ワケアは領地の中心、俺たちがとりあえず目指している場所か。

「数日前、ワケアのギルドにこの村から依頼が舞い込んできた。依頼主は村長。つまり、村全体としての依頼だ。村の近くにオークが大量に居着いているから、退治してほしいと。しかもとんでもない数らしい。群れと言うよりは、一つの集落と言っても過言でないレベルだ。この辺りは本来オークの生息地じゃないから、おかしなことなんだけど」

カイの話に疑問を持った俺は、リゼに訊いてみた。

「そうなのか？　オークってこの辺りにいないのか？」

「わたしに聞かないでよ。オークの生息地とかわたし知らないし」

「でもわたしの村でも、今までオークの被害があったってことは聞いたことないですよ」

「じゃあ、やっぱり生息地とは外れてるんだ。結構どこでも出てくるって聞いてるけど。あ、でもわたしたち、森でオークと戦ったじゃん」

「この村の近くの集落から追い出された、はぐれオークじゃないのか？」

「ああ、なるほど。森を彷徨ってて偶然わたしたちに会ってしまったと」

「そういうことだろうな。よしカイさん。続きをお願いします」

「う、うん。わかった……」

勝手に話を遮った上に俺たちだけで内緒話してる間、一切口を挟まず嫌な顔もしないで待っててくれるこの人は、とんでもなくいい人なんだと思う。

「とにかく、村はかなり困ってるらしい。奴らは間違いなくこの村を認識して、ちょっかいを掛けていたようだ。目撃情報だけじゃなく家畜や農作物への被害。確認に出た村の男たちは、半数が重傷を負って帰ってきたが、もう半分は……。この村はオークを恐れている。当然だな。そんな大量のオークが一斉に襲い掛かりでもすれば、ひとたまりもない。だからこそ、この村はギルドに依頼を出した」

多大な犠牲を払って、依頼は無事にギルドに届けられた。そして報酬についても、村中の金を掻き集めたのか、出せる報酬はそれなりな額になったのだという。討伐対象であるオークの数を考えれば一体あたりは少額になるが、それでも大きい仕事には変わりない。

かくして、報酬や武名を求める冒険者たちが大挙して、この村に押し寄せてきているのだという。それこそ元からワケアの街にいた冒険者だけでなく、噂を聞きつけた近隣の街の者、そして稼げると聞いて新規にギルドに登録した力自慢まで。

そりゃ、それだけ増えれば小さな宿くらいあっという間にいっぱいになってしまうか。

「なるほど……そんなことが」

「大変な時に来ちゃったね」

「ギルドに登録した後に来れたら稼げたかもしれませんけど。機会を逃しちゃいましたね」

今からワケアのギルドを目指しても、戻ってくる頃にはオークはすっかり狩り尽くされているだろう。

予想できなかったこととはいえ、残念だ。

「まあ仕方がない。とりあえず冒険者たちの戦いぶりを見学しよう。今後の参考になる」

ギルドに登録するとは決めたけれど、具体的に冒険者稼業がどんなものかというのを俺たちはよく知らない。後学のためにも、近くでどういうものか見させてもらうことは重要だろう。

「カイ。もう一つ教えてくれませんか……。俺たち、今日はどこに泊まればいいんだろう」

「あー。それな……」

俺たちにとって切実なこの問題は、カイたちにとっても解決が難しいようだ。

しばらく考え込んでから、カイは答えてくれた。

「もしかしたら、その辺の民家にお願いしたら泊めてくれるかもしれない。でも金は取られるだろうな。村の人間たちも必死なんだ。ギルドへの依頼で払った金を少しでも取り戻そうとしている」

「あー……」

金ならある。けれど無限にではない。今後何があるかもわからないし、節約はした方がいいだろう。

「あと、村の真ん中にちょっとした広場があって、そこで野宿するとかもありかな」

「野宿かー。うー。村の中で野宿かー」

頭を抱えながら悩むリゼだけど、選択肢はあまりない。お金が掛かるか、掛からないかだ。民家に泊まるといっても宿泊施設として建てられたものじゃないし、気を使うことにもなるだろう。

となるとここは。

「野宿だな」

「野宿ですね」

「やだー！　ベッドで寝たい！　野宿やだー！」

リゼが駄々をこねるも、残念ながら多数決で野宿に決まった。

☆☆☆

村の広場といっても、建物がない少し広い空間というだけで立派なものではない。地面も当然土だ。まあ、それについては初めてじゃないからいいとしよう。

カイも今日は野宿するらしく、同じ選択をした冒険者が既に何人も集まっていた。そのうちの誰かが大きめの焚き火を熾してくれたようで、それを囲む輪の一角に座る。

カイの話によれば、朝になるのを待って冒険者たちはこの周囲の森を捜索、オークの集落を見つけ出して討つとのこと。

じゃあ、朝までは寝ておかなきゃな。ああでも、その前に飯を食わないと。俺は大丈夫だがリゼがきっとうるさくなるし。酒場ではナンパ男のせいで食いそびれたしな。

酒場に戻るか、それとも店で何か買おうかと提案しようとしたその時、周囲がざわつき始めた。

談話が盛り上がっている風ではない。

何か事件でもあったのかと周囲を見回して、周りの冒険者たちの視線が一方向へ向けられている のに気づく。俺たちもそちらを見ると、見覚えのあるものが見えた。

焚き火を挟んだ向こう側。さっきのナンパ男がフラフラとこちらに歩いてくるのが見えた。彼一人だけのようだ。その表情には血の気がない。

ふと、気がついた。

ナンパ男から血の匂いがする。とすると、血の気のなさにも納得がいく。もしかするとどこかに怪我を負っているのだろうか。

初対面から嫌いな奴だが、死にかけてるとすれば助けてやらなきゃいけないだろうか、などと考えながら彼をよく見て、俺たちは絶句した。

右腕の肘から先が欠損してなくなっている。ふらつく足取りの後には大量の血が道を作っていた。

他の冒険者たちもそれに気づいて、ナンパ男に近付く。

何があったのか問う冒険者たちに、ナンパ男は弱々しく、

「お……お…………」

と呟いた。

その声があまりにも小さく聞こえなかったので、俺は耳を澄ませた。

「お……オークが……オークが…………」

そこで体力の限界に至ったらしく、男はどさりと前のめりに倒れる。

その背中に、剣が刺さっているのが見えた。

「オークが……来る……ぞ……」

最後の力を振り絞って男はこう言った。

直後、地響きのような音量の、幾多の唸《うな》り声が聞こえてきた。

――オオオオオ！

最初はそれがなんの声だかわからなかった。けれど、聞いたことのある声だとすぐに気づく。そうだ、これはオークの声だ。

――オオオオオオオオ！

その声が、いくつも重なって聞こえてくる。

何故、こんなにも大量の声が聞こえてくるのか？　簡単なことだ。この近くに、数多くオークがいるからだ。

周りの冒険者たちが立ち上がって口々に叫ぶ。

「オークの襲撃だ！」

「くそ、戦える者は武器を取れ！」

だが、オークの姿を発見する前に、村のどこかから悲鳴が聞こえた。

悲痛なそれは、恐らくは断末魔だろう。一体、誰のものだろうか。さっきのナンパ男のような冒険者か、それとも……。

そうだ、ここは村の中央。オークが襲ってくるなら、ここよりも先に村の端に住む人たちが被害に遭うはず。

直後にこの考えを裏付けるように、こちらに大勢の人間が逃げるように走ってきた。

その向こうには、先日対峙《たいじ》したような巨躯《きょく》の怪物が大量に迫ってきている。

ゆっくりと隊列を組むようにまとまって侵攻するそれは、逃げ遅れたり走るのが遅い人間を容赦なく殺していく。

手にしている棍棒が振り下ろされ、一人の女がぐしゃりと音を立てて潰れた。別のオークが棍棒を振るい小さな子供を横薙《な》ぎに殴打。その子は吹き飛ばされて、近くの建物の石壁に激突して赤い模様を作る。

建物の中に逃げ込んだ人間もいるけれど、オークはこれを見逃すつもりはなく、壁を腕力で力任せに破壊して建物の中に入っていく。すぐに建物の中から絶叫が響いた。

「こいつはまずいな……。よし、行くぞ」

カイが俺たちに立ち上がるように促す。肩に俺を乗せたままリゼが立ち上がり、フィアナは既に立ち上がって弓を構えている。

周りの冒険者もそれぞれ戦闘態勢に入り、剣や槍で武装してる者はオークの群れの方へと走っていき、弓や魔法を使う者はこれを援護する。

村人たちを守るためか、武功を立てるためなのか、あるいはその両方か。ともかく冒険者たちは、オークの巨躯や地獄のような光景にも怯《ひる》むことなく果敢に向かっていくのだ。

だが、まだ新人なのか、予想以上の事態に恐れをなしたのか、何人かの冒険者は情けなくも逃げ出している。

「あわわわわ……どうしよう戦わなきゃ」

そして我らのリゼはといえば、ものすごく慌てながらも立ち上がって鞄を肩に掛ける。とりあえず動けたことは立派だ。実際戦うのは俺なんだけどな。

さて、俺たちは逃げずに戦うべきだろうか。カイに意見を求める。

「カイ、どうすればいいですか？」

「正直わからない。数が多すぎる。十体、二十体なら相手して勝てないこともないけれど、さすがにこれは……経験がない。もしかすると逃げた方が賢いかも」

「そんな……」

俺たちよりもはるかに場数を踏んでいるであろうカイですら弱腰になってしまうほどの脅威。先に逃げ出した冒険者たちもいた。その方が正しい選択だというのだろうか。

でも、村人たちを見捨てることはできない。

村人たちは俺たちの横を通ってオークから遠ざかろうとする。冒険者たちを抜けたオークたちは、手近な獲物である俺たちへ迫る。

「悠長に考えてる暇もないか。やるだけやってみよう！」

「炎よ集え。燃やし、砕け。ファイヤーボール！」

剣を構えるカイの隣で俺は詠唱。特大のファイヤーボールがオークの一体に向けて飛んでいき、その頭部を一瞬で焼き尽くす。頭だけが黒焦げの炭になったオークはそのまま絶命し倒れる。

「な……その威力は……どうやってそんな魔力を手に入れた？」

「俺も知らないんです！　ファイヤーボール！」

二発目も命中。オークと近接戦をしている奴らを巻き添えにしないように、背の高いオークの頭だけを狙う。乱戦は初めてだけど、上手くいっていると思う。

カイは俺の少し前に立ち、接近してくるオークに備えている。フィアナも敵の頭を狙って矢を射掛けていて、他の魔法使いや弓使いと協力して既に数体を討ち果たしている。

リゼはまあ、俺の足場としてそこに立ってて、逃げ出したりしないだけで役に立ってると言えなくもない。

あと一人。ユーリは俺たちの戦いを見ているだけだった。格好は魔法使いだから、俺みたいに援護をするのかと思ったが、動く様子はない。周囲を警戒している様子ではあるから、何かに備えているとは思うけれど。

俺たちは数体、確実にオークを殺しているが、敵の数が多すぎた。明確にこちらを攻撃してくる脅威を認識すれば、当然向こうも反撃をしてくる。

前線で戦っている戦士の一人が、オークに頭を握られ、潰された。奴ら、人の頭をトマトみたいに簡単に握り潰すだけの握力があるらしい。あの体だから不思議ではないけど。

別の冒険者は体を持ち上げられ地面に叩きつけられ絶命。

女の剣士が一人、やはりオークに持ち上げられたが、何故か彼女の場合は殺されず、オークはそれを抱えたまま後方に撤退していった。略奪行為とか、戦利品とかそういうものなんだろう。連れていかれた末路は考えたくない。

　また、誰かの叫びが聞こえた。冒険者なのか村人なのかはわからない。ただ、その人物は生きたまま首をもがれたらしく、オークが無造作に投げた生首がこちらに転がってくる。

「ひぃぃっ！」

　生首を目にしたリゼが思わず飛び退《の》く。

「おい！　逃げたりはするんじゃないぞ。俺たちで村を守らないと」

「いや、ここは引いた方がいいかも、なっ！」

　オークの一体が走ってこっちに接近してきた。これをカイが相手しようと一歩前に出る。そのオークは棍棒ではなく剣を持っていて、それを力任せにカイに振り下ろした。まともに剣で受けると死ぬとカイは判断したようで、わずかに横にステップを踏んでこれを回避。反撃とばかりにオークの後ろに回って膝の裏を切る。

　オークが立っていられなくなり姿勢を崩したところで、低い位置に来た首を再びカイは切り裂き絶命させた。

「カイ、まずい。後ろからも来る」

　ユーリが急に口を開いた。

　オークの進行に押され、接近戦を避けたい俺たちは後ずさりしていく。ユーリが発した言葉で背後を見た俺は、火の手が上がっているのを見た。オークの姿はないが、遠くからは悲鳴や戦闘の音が聞こえてくる。

「村全体が囲まれてる？」

「たぶんそう」

「わかった。逃げよう。お前たちも来てくれ」

一旦建物の陰に隠れて体勢を立て直そうとしていたところ、カイはそんな提案をしてきた。でも、それは。

「ちょ、ちょっと待ってください！　まだ逃げ遅れた人が！　それに連れ去られた人も！」

あっさりと撤退を決意したカイに思わず抗議の声が出る。さっきの剣士の女みたいに連れ去られた人はまだいるだろうし、それを放っておくわけにはいかない。それに、家や建物の中に逃げ込んだ人はそこから出られなくなっている。オークはお構いなしに建物を壊して中の人間をあっさりと殺してしまうだろう。その人たちを助けなければ。

「ダメだ。もう手遅れだ。助けることはできない」

「でも！　ギルドの仕事は人助けだって言ったじゃないですか！」

「そうだよ。でも救えない命はある。それでも、今逃げればお前たちは救える」

周りを見る。オークに向かっていった他の冒険者のうち、前衛職はみんな殺されたか連れ去られたか、あるいは勝てないと見て後退している。後衛は被害が少ないが、このままオークに接近されれば打つ手がなくなるだろうから、やはりこの場を離脱しようとしている。けれど、後退したその先にもオークはいるんだろう。

オークはなおもゆっくりとこちらに迫ってきている。それも多数が。確かに、このまま戦っても勝ち目はないだろう。

「一緒に来てくれ。今なら生き延びられる」

「……逃げよう、コータ？　死にたくなんてないでしょう？」

リゼが、気を使うかのような優しい声で促した。フィアナは、無言でこっちを見上げながら頷《うなず》く。

多数決か。ああ、くそ。

「わかった。逃げよう……」

俺が撤退に同意すると、カイはほっとしたような表情を見せた。

「ありがとう。必ず安全な所まで連れていく。ユーリ、頼む」

「うん」

カイはこの小さな魔法使いに何をさせるつもりなのだろう。ユーリに目をやると、彼は着ているローブを脱いでカイに渡した。彼のローブの下を初めて目にするわけだけど、思っていたよりずっと薄着というのが最初の印象。

上半身は裸。下半身は丈の短いズボンと簡素な作りの靴。それが身に着けている物の全て。

いきなり脱ぎ出すなんて露出狂のような、という感想を持ってしまったが黙っておく。ちゃんと隠す所は隠してるし。この世界に露出狂って文化があるかどうかもわからないし。

いや、そんなことより。どうして急に脱いだのか、その理由はすぐにわかった。

「が、がる……」

ユーリが小さく唸ってすぐに、ユーリの体に変化が起こった。彼の体がだんだん大きく、がっしりとした肉体となっていく。さらに体中から白い毛が生えてきて、指と足の先の爪が尖《とが》っていく。頭の上に三角形の耳が生え、口が尖ってその中に牙が伸びる。

体が膨れ上がるに従い、着ている簡素な服はビリビリと破れていくが、それも問題ないような姿に変わってしまった。

「ガルル……」

白い狼が四本足で立って、真っ赤な目でこちらを見つめている。前にフィアナの村で殺した一番大きな狼よりもさらに一回り大きい。その迫力に身構えてしまうが、敵対心はないようだ。あの大人しそうな少年の性格は変化していないらしい。

「ワーウルフだ。人間に変身できる狼の一族、ユーリの本来の姿がこれ。三人ぐらいなら余裕で乗せて走れる。さあ、乗って！」

ユーリの着ていたローブは、今はカイが身に纏っている。こうして見ればカイも魔法使いに見える。

カイは目の前の巨大狼にひらりとまたがった。リゼとフィアナもおずおずとそれに近付き、だいぶ躊躇いながらもカイの後ろに乗る。俺は相変わらずリゼの肩の上。

「行くぞ。しっかり捕まってろ！」

「ガオオオオオオン！」

「うわっ！」

たぶん、カイ以外の俺たち三人はみんな同じような声を出したはず。雄叫《おたけ》びを上げてからユーリは急に走り出して、みんなその体にしがみつくのに精一杯な速さを発揮した。

ユーリは冒険者や村人の生き残りが固まって守りを固める場所へ向かった。その近くで止まると、またがるカイが声を張り上げた。

「聞いてくれ！　この村はオークに囲まれていて、すぐに全方向から奴らが仕掛けてくる！　このままだと全滅は免れない。俺は一旦逃げようと思う！　目指すはワケアの街！　そこに繋がる道の間にいるオークを突破する！　死にたくない奴は付いてこい！」

説得に長い時間を掛けている余裕もない。だからできるだけ勇ましく言ったのだろう。これで付いてこない者は死ぬだけ。付いてきても、待っているのは死なのかもしれないけど。

冒険者たちは巨大な狼の迫力に気圧《けお》されながらも、その強さに希望を見出したのか後を追いかけてくる者が多かった。それに比べると村人たちの動きは消極的だ。自分の生まれ育ったこの村は、彼らにとって世界の全てと言っていいだろう。そこから出るというのが難しいのもわかる。だが、その結果は死だ。

頼む、できるだけ大勢付いてきてくれ。俺はそう祈るしかない。

俺たちを乗せたユーリはさらに走る。

酒場の近くを通ったが、そこでもオークとの戦闘が繰り広げられていた。酒場の建物は完全に壊されていて中が燃えている。その入り口の周りには死体がいくつか転がっていた。冒険者たちは村人を守るため必死に戦っているが、劣勢は明らかだった。

その中を駆け抜けながら、ユーリは村人に襲い掛かっているオークに唸り声を上げながら体当たりして、首筋を噛み切って倒す。

「逃げるぞ！　みんな付いてこい！」

ユーリに乗って走りながら、カイは村中に呼び掛け続ける。

その声に応じて戦いから離脱することを選ぶ者も多かった。

けれど、怪我をした仲間や逃げ遅れた村人を放っておけずにその場に残る者も多い。仕方がない、彼らはそういう選択をしたのだ。俺たちが止められることじゃない。

後に続く冒険者や村人たちを連れてユーリは走る。

建物が並んでいた範囲を抜けて、田畑が並ぶ村の端の方へと入る。このまま真っ直ぐ行けば森だ。それを貫いている道を走ればいずれは街に着くという。けれどその前に、オークたちが立ちはだかった。

「オオオオオオオオオ！」

「オオオオオオオオオ！」

予想はしていたが、数が多い。進行を阻止しようとこちらでも少数の冒険者が戦っているが、やはり劣勢だ。誰もこちらから襲撃を受けることなど予想できておらず、俺たちがいた側にみんな駆けつけてしまったからだろう。

とにかく、このオークの壁を突破しないといけない。

「リゼ！　でかい魔法であいつら薙ぎ払ってくれ！」

「うぇっ⁉　わたし⁉　なんで⁉」

「落ち着け！　俺を前に！」

たぶんカイは、俺の魔法を見てリゼも相当な魔法使いだと思ったんだろう。大きな誤解だがそれを説明する暇はない。

リゼが片手でユーリの体にしっかり掴まりながら、片手で俺の体を前に差し出す。リゼの手からカイの肩に乗り移った俺は前方のオークたちを睨みつけながら詠唱。

「風よ吹け！　切り裂け！　ウインドカッター！」

即座に放たれた風の刃がユーリの足より速く前方のオークたちに到達。数体の首をまとめて刎《は》ねる。

オークが形成していた肉の壁に穴が開き、ユーリは強引にその中を突破した。

もちろんオークたちはすぐさま隊列を立て直そうとするが、この一瞬の間に数人の冒険者や村人が包囲網をくぐり抜けた。

「リゼさん！　わたしの体をしっかり押さえててください！」

「ねえ！　わたしの役目こんなのばっかりじゃん！」

リゼの抗議は無視だ！

走り続けて揺れているユーリの体の上で、今度はフィアナの体をしっかりと支えるリゼ。

フィアナは弓で後方のオークを射掛けて逃げようとする人たちを援護する。正確に飛ぶ矢は、オークの一体を射抜いて村人を救った。

すぐさま俺も肩から肩に乗り移り、フィアナの頭の上で魔法を放つ。ファイヤーボールがオーク

の一体を焼き殺した。

ユーリの足はオークよりも速い。オークたちの群れが夜の闇に紛れて見えなくなるまで、俺は魔法を撃ち続けた。

☆☆☆

ここまで走ればオークは追ってこないだろうという所まで来て、ユーリはようやく足を止める。

それから、一緒に逃げ出した人たちが追いつくのを待った。

最終的に辿り着いた人の数は決して多くはなかった。村人と冒険者、合わせて二十人ほどだ。酒場にいた冒険者たちだけでも、ここにいる人たちよりずっと多いだろう。

だが、虚無感を味わっている場合ではない。

「俺たちは先にワケアの街に行く。そこで事情を説明して迎えをよこしてもらう」

「私たちは迎えが来るまでどうすれば？」

村人が不安そうな声を上げた。この中で一番頼りになりそうなカイがいなくなってしまうのだ。

自分たちも連れていってほしいと思うのが自然だろう。

「すぐに戻るから安心してくれ。オークからはだいぶ離れたし、あいつらは長距離を追いかけるほど辛抱強くない。休みつつ、歩いて街まで向かえばいい」

村人を落ち着かせたカイは、ユーリに指示して走り出させた。

「ああは言ったけど、なるだけ急ごう。たぶん今は、オークたちは村の略奪に忙しくてこっちを追いかける暇がないだけで、待っていれば追跡してくるかもしれない」

ユーリの背中の上で、カイは俺たちにだけそう言う。それを村人たちに伝えていれば、パニックになったのは間違いないだろう。

普通に歩くよりずっと速いユーリの足をもってしても、村と街の距離は相当にあった。夜通し走ったにもかかわらず、ワケアの街に着いた時にはすっかり日が昇っていた。

さすがに領主のいる街だけあって、これまでの村とは違い、道を塞《ふさ》ぐようにして門が立っていた。そのすぐ横に小さな小屋と、門番の兵士らしき男が数人。

兵士たちはユーリの姿に動揺し、身構えた。警戒させないため、ユーリは兵士たちとはずっと離れた場所で止まった。

「怪しい者じゃない。ギルドに登録してる冒険者です。こいつは俺の仲間で、危害を加えることはありません」

門番たちはこの門の向こう側を守るのが仕事。巨大な狼が接近してきたら強引に門を破るのではと警戒するものだろう。それは当然かもしれない。

カイもそれをわかっているのだろうし、こんなことには慣れているのだろう。カイが攻撃の意思はないとばかりに手を振りながら兵士たちに近付いていく。

俺たちもユーリから降りてカイに続く。

「急ぎ、頼みたいことがある」

カイは兵士たちに手短に、けれど事態の深刻さがわかるように過不足なく事情を伝える。

ワケアの西にある村がオークに襲われて壊滅したこと。

生き残りは二十人あまりで、徒歩でこちらに向かっているから迎えをよこしてほしいこと。

オークは壊滅させた村に居着いてそこを新しい住処《すみか》とすると思われる、と。

兵士たちは驚き顔を見合わせる。彼らも多くの冒険者が村に赴いたことを知っているのだろう。

直接、この門から見送った者たちなのかもしれない。

彼らが壊滅したとは信じられない。けれど現にギルドの冒険者であり、生き残りの人間がそう言ってるのだから、確かめないわけにはいかない。

「とりあえず領主様に判断を仰ごう」

兵士同士の会話からそんなことも聞こえてくる。大丈夫かな。ここの領主は頼りにならないともっぱらの噂だぞ。

カイも似たような危惧を抱いたのか、やれやれと首を振る。

「とにかくここに向かう人たちへの迎えを、最優先で送ってください。それから先の対策は任せます。俺はギルドにもこのことを知らせないといけないので、街に入れてください。……それからこの子たちも」

門番たちはカイを中に入れることにはすんなり許可を出した。それから、俺たちを見る。正確にはリゼとフィアナを。

「お前たちは……壊滅したという村の娘か？」

村娘の格好のリゼと、狩人の格好のフィアナ。そういう誤解を受けるのももっともだろう。

単なる旅人ですと説明すると面倒だし、誤解に乗っかることにする。

リゼに小声で、「村人だと言っとけ」と指示する。

するとリゼは、またしてもやらかしてくれた。

「は、はい！　村人ですよ！　通りがかりのカイに助けてもらった、ただの村人だから魔法とかは使えません！」

「……お姉ちゃんの言うことは気にしないでください。村が襲われたショックで混乱してるんです」

「うっ、酷い……」

相変わらず無駄に口数が多いリゼを、こいつの妹という設定で乗り切ろうとしたらしいフィアナがフォローする。

リゼは錯乱状態。正気ではない。彼女の色々と迂闊《うかつ》な物言いに対し、この言い訳はこれからも使える気がする。

「そうか。それは大変だったな。この街でゆっくりしていくといい。……そうだ、金はあるか？　一応規則で、ギルドの身分証や市民証明を持ってない人間は旅人扱いで、一律で門の通行料を取らなきゃいけないんだ」

「大丈夫です。払います払います」

領主の評判は悪いが、その下にいる兵士たちは普通にいい人なのだろう。

「急に放り出されたみたいなのに悪いな」

こちらを気遣いながら、リゼが鞄から出した二人分の通行料を受け取る。大した額でもないし必要経費だ。こんな所で渋って街に入らないわけにはいかないし。

ふとカイの方を見たら、人間の男の子の姿に戻っていくユーリの体に着ていたローブを渡していた。

別にしっかり見てたわけではないが、狼になる時に体が膨れ、服が破れてしまう以上は戻れば当然裸になる。だから体全体を覆えるローブを身に着けているし、その下は元々あまり服を着ないことにしているんだろう。露出狂かとか思って悪かった。

「手続きは済んだか？　じゃあギルドに行こう」

そうだった。早いところギルドの人間にもこのこと伝えなきゃいけないんだよな。揃って門をくぐり、俺たちは街の中に入った。

☆☆☆

この街も森に囲まれた場所だというのは、これまで通ってきた村と変わらない。建物が集まる中心部とその周りに田畑が広がるエリアというのも同じだ。

これまでの村との違いは、街と森の境界に高い柵を設置することで領域をはっきりさせていること。道に門を置いてるぐらいだから、森を抜けて侵入してくる者にもそれなりに対処をしているってことなんだろう。

「これがもっと大きな街になれば、柵じゃなくて立派な壁を作ってたりするよ。城塞都市っていうんだよね」

リゼのそんな解説を聞きながら街の中心に向かう。

村と街の最大の違いは柵のあるなしじゃなく、人口の多さと、それによる経済規模の差だろう。こうして少し見回すだけでも、村とは活気が違う。冒険者たちで溢《あふ》れていた村よりもずっと活気に満ちているのだ。

多くの人間が、多くの建物の間を行き交っている。

もちろん、俺の世界でいう大都市とは比べるべくもないが、フィアナは目を丸くして驚いているようだった。無理もない。彼女は小さな村で生まれ育ったんだし、知っている世界にも差があるだろう。

全てがフィアナにとって初めての景色のはずだ。そして彼女が旅に出た理由も、こういうのを見たかったというのが一つであるのだろうし、思ったよりも早くその願いは叶ったというわけだ。

「リゼさん。あれって獣人ですよね？　わたし初めて見ました」

フィアナの視線を追って、俺も少し驚く。

道を歩いているのは、全身を覆う体毛と、猫のような頭をした、二本足で立って歩く人間だった。人間が猫の……いや、猫が人間の特徴を持っているのだろうか？

「そうだよー。あれが獣人。大きな街に比べると異人種が大勢いるわけではないけど、探せばいるんだね」

リゼはそういうものを見慣れているとでも言うような口ぶりだ。

それはそうか。リゼはこの国で一番大きな街から来たんだから。

一番多くの人が住んでいて、異なる文化が交わる場所。俺のいた世界でも、都会に行けば行くほど違う人種が目に付く。この世界でも、それは同じなんだろう。

「着いたぞ。ここがギルドだ」

カイが一つの建物の前で足を止めた。

そこは周りの建物と比べて特に目立つとか立派というわけではないけど、年季を感じさせるしっかりした造りの物だった。二階建てで、入り口から覗《のぞ》くと中にはそれなりに人がいることが窺える。

ギルドか。予定外の形になってしまったが、路銀稼ぎのために加入することは決めていたんだ。

けれど村でのオークとの戦いや、依頼を受けてやってきたはずの冒険者たちの末路などを見るに、ためらう気持ちもなくはない。

いや、そんなことを言っている場合じゃないな。危険があるかもしれないなんて、そんなことは、オークと戦う前からわかっていた。

カイとユーリは慣れた様子でギルドへ入っていく。俺たちもその後に続く。

中の人間の視線が一斉にカイへ集まる。

「よおカイ。あんた、オーク退治に行ったんじゃなかったかい？」

「ずいぶん早い帰りですね」

「忘れ物でもしたのか？」

忘れ物云々《うんぬん》は冗談のつもりらしいが、それを言った男の冒険者はすぐに何かおかしいと感づいたらしく口を閉ざした。

戻ってくるのが早すぎるということは、何かがあったということだ。そして、カイのただならぬ様子もその疑念を後押しする。

「問題発生だ。しかもかなりやばい。通してくれ」

受付らしいカウンターは数人が列を作っているが、カイは横入りしてカウンターの中にいた女性——受付嬢だろうか——に端的に言う。

「西の村……オーク討伐依頼を出していた村が、大量のオークに襲われて壊滅した。ギルドの冒険者も大勢死んだ。ギルドマスターに会わせてほしい」

その言葉を聞いていた他の冒険者たちが一斉にざわめき始めた。

受付のお姉さんが慌てた様子でその場を離れる。

彼女はすぐに男を連れて戻ってきた。初老という感じの年齢に見えるが、よく鍛え上げられたがっしりした肉体は老いを感じさせない。

この人がギルドマスターか。つまり、ここのギルドの支配人とかそういう立場の人間なんだろうな。

「ガルドスさん」

「よおカイ。大変なことになったらしいな。詳しく聞かせてくれ。上の応接室に行こう。……その二人はお前の連れか？　村の生き残りとかか？」

ガルドスと呼ばれたギルドマスターの男がこちらを見つめる。リゼとフィアナは顔を見合わせた。

「嘘を追求されるのはまずいから、ここは旅人ってことにしよう」

その隙に俺は小声で指示した。

「い、いえ。わたしたちは旅人ですよ？　ただの旅人の村娘です。はい」

相変わらずごまかすのが下手なリゼだが、ガルドスはそれ以上は特に何も聞かなかった。たぶん、それどころではないということだろう。

建物の階段を上がって応接室に入る。

村から一緒に来たということで、リゼやフィアナも交えて一緒に話がしたいということだった。

俺の存在はまだガルドスには気づかれてないようで、わざわざ話すこともないかとみんな思っているのか、リゼもカイも特に言及しなかった。

俺はリゼの鞄の肩ベルトに付いている、ただの人形みたいな感じでじっとすることにする。

三人掛けの椅子に、テーブルを挟んでガルドスと対面するように座った。俺は人数に入れないにしてもこっちは四人だから一人立たなきゃいけない。

よし、リゼが立ってろと言おうとしたが、口数の少ないユーリが外で待ってると言ったために問題は解決した。

三人が座ると、カイは詳細を話し出してくれた。

話は主にカイが進めてくれ、リゼとフィアナは時々補足するだけ。これなら、下手な話で混乱を招いたりボロも出さないからありがたい。

話の内容は、俺たちが見たそのままだ。

門番や受付嬢に説明したことを、カイは繰り返した。門番に生き残りの村人たちの保護をお願いしていることも付け加える。

一通り説明を聞いたガルドスは目をつむって考える。長い時間ではなかった。

「それが本当だとすると……すまない。疑っているわけではないがあまりに話が大きすぎて受け止められなくてな。とにかく、本当だとすればすぐに対策を取らなきゃならん。オークどもが村を根城に、勢力を伸ばすのにそう時間は掛からないだろう。だいぶ統率の取れた群れのようだからな。そしていずれは近隣にも侵攻するはずだ」

近隣、それはつまり……。

「恐らく奴らが次に狙うのはこの街か、反対側にあるもう一つの村だろうな。間違いなくどっちかが襲われる」

隣でフィアナが小さく息を呑んだ。

旅人を自称している以上あまり取り乱せないとわかっているから、この程度で抑えたのは上出来と言えるだろう。

自分の故郷があんな風になるかもなんて聞かされたら、普通は冷静じゃいられない。

「とにかく、早いところ討伐隊を送らなきゃいけない。だがこの街にいる冒険者全員集めても、戦力的に足りるかどうか……」

「となれば住民から有志を募りますか？　……それか、領主の軍に助力を求めるか」

「難しいだろうな……。あの領主様が簡単に動くとも思えん。だが、そうも言ってられないか。俺の方からよく頼んでおこう。とにかく、俺たちだけが扱うには事が大きすぎる。急がなきゃならねえことはわかってるが、それでもギルドの判断だけで動くわけにはいかない。いろんな連中と協議をしないと」

「それは……それはその通りです。仕方ないですね……」

嘆息しながら、カイは天井を見上げた。

今すぐ動きたいのはみんな同じなんだろう。だけど準備不足のままで人を送れば、また同じ結果になるだけだ。しかも今度は、オークは拠点を得て、防衛側に回っている。呆気《あっけ》なく全滅もあり得る。それは絶対に避けなければならない。

「大丈夫だ。領主様の件は必ず俺がなんとかしてやる。俺が偉い連中と話してくるその間に、とりあえずお前たちは飯を食え。それから寝ろ」

深刻な空気を吹き飛ばすように、ガルドスは笑顔を見せてなんとも気楽そうに言った。きっと、リゼたちの様子を見て気を使ってくれたのだろう。

「聞いたところによると、夜は一睡もしてないし飯も食ってないんだろ？　もう昼過ぎだ。とりあえず食堂に行け。今日は俺が奢《おご》ってやる。宿にも話は付けてやる」

そういえばその通りだ。目の前で起こったことに精神が高揚してすっかり忘れていたけど、昨夜は全く寝ていなかったし、追ってくるオークを気にしていたので気を休めることもできなかった。

俺の場合食事は必要ないが、他のみんなは昨日の夕食も食べ損ねていたわけで。そろそろ空腹も堪《こた》える時間だろう。

みんなもそのことを自覚したのか、このタイミングで誰かのお腹が鳴って盛大に空腹を訴えた。

「い、今のわたしじゃないからね⁉　別にお腹空いてなんか……空いてるけど……」

うん。誰のお腹が鳴ったかはよくわかる。全員同じことを考えたようでリゼに視線が集まり、ガルドスは豪快な笑い声を上げた。

☆☆☆

ガルドスの言っていた食堂というのはギルドの建物内にあり、冒険者達の交流の場にもなっているらしい。

俺たちはガルドスと一緒に応接室を出て階段を下りていく。そういえば外で待ってると言ってたユーリはどこにいるんだろう。

ユーリの行方はすぐにわかった。彼も食堂にいた。というか連れてこられていた。他の冒険者たちがテーブルに座らせた彼を取り囲み、村で何があったか詳しく聞き出そうとしていた。

人と話すのが得意ではなさそうなユーリはすっかり困った様子で縮こまっている。

そしてカイの姿を目にしたら、ほっとしたような顔を見せた。

「カイ……助けて……」

慌ててカイが助けに入る。

「ごめん。こうなることは予想すべきだった」

しゅんとするユーリを、カイは気にするなというように宥めた。

「お前ら！　今はこいつらを休ませてやってくれ！　不安なのはわかるが、後で俺がちゃんと説明してやるから！」

ガルドスが冒険者たちを追い払ってくれて、ようやく俺たちは落ち着くことができた。

フィアナの村と比べると、こっちの料理はいくらか豪華な物だった。

村だとパンとスープばっかり出ていた気がするけど、こっちでは肉料理や果物なども出てくる。

だけど、魚料理はないようだ。海が近くないし、保存技術もこの世界では発達していないようだから、運搬ができないんだろう。

この世界には魔法があるのだから、物を冷凍する魔法を使える魔法使いがいるのでは、とも考えた。しかし、魔法を使える人間は少数らしいし、そんな風に魔法を使ってまで魚を食いたい人間は少数なのかもしれない。

とにかく、肉体的にも精神的にも疲労していたみんなは、すごい勢いで料理を口の中に運んでいく。こんな豪華な食事は村では滅多に出ないと目を輝かせていたフィアナは特に勢いがいい。

リゼも負けじと細い体に大量に詰め込んでいく。

そんなこんなで腹が満たされたようで、リゼもフィアナも満足げな顔をしていた。するとだんだん眠くなってきたようだ。俺も結構眠い。さっさと宿で休みたい。

ところが、ガルドスが言っていた宿に行こうとする前に、リゼが珍しく真剣な口調で言った。

「ねえ、忘れちゃわないうちにギルドに登録しておきたいな」

「そうですね。わたしも登録したいです。カイさん、やり方教えてください」

「あ、ああ。それはいいけど……」

リゼとフィアナのその言葉に、カイは少し驚いた様子を見せた。

「でも二人とも……コータも入れて三人か。ただの旅人なんだよな？　ギルドに入る理由なんてないんじゃないのか？」

カイにとっては俺たちはただの旅人ということになっている。これまでの経緯を詳しく話すとややこしいし、話が長くなってしまうので手っ取り早く旅人ということにしているのだ。

そんな旅人が、わざわざ冒険者として登録しようというのは不可解だろう。

「それはほら、路銀が必要になることはこの先多々あると思いますし、本格的に冒険者稼業を始めずとも、いくらか簡単な依頼で稼ぐ必要があるとは前から思ってました。それこそ旅に出るって決めた時から」

フィアナが上手く説明する。

俺たちにとってギルドに入ることは確定事項だった。そこに変更はない。

「そうか。でも、ギルドの仕事は思ったより危険だぞ？　さすがにあの村みたいな酷いことは滅多にないが、でもあそこで死んでいく冒険者たちは見ただろ？　最悪の場合、ああいう運命を辿ることになるかもしれないぞ？　それでも、やるのか？」

カイの驚きの理由としては、これが一番大きいのだろう。

村での惨劇。あれは確かに、冒険者をやることを思い直させるほどに酷いものだった。

それを目にし、実際に戦ったはずの未熟な女の子と使い魔の集団。戦う手段がないわけではない。だが、それすら群れという暴力の前には通用しなかった。

そんなざまで、なおもギルドに入ってあんな地獄に飛び込もうとするのは、カイにとっては意外に思えることなのだろう。

けれど俺たち三人の意思は同じだった。

特にみんなで相談したわけでもないけれど、それでも通じ合う何かがあったんだろう。顔を見合わせ、頷く。それで意見は一致していると確認できた。

「カイは言ってたじゃないか。ギルドの仕事は人助けだって。俺たちも、自分の力をそのために使いたい。それにあんなものを見せつけられて、何もせず他の人間が解決するのを待つなんて俺にはできない」

俺はテーブルの上に降り立ち、カイを真っ直ぐ見つめて言う。

そういえば昨夜は、カイに敬語で話してた気がするけれど、すっかり対等な立場で接してしまっている。一緒にあんなことを乗り越えたんだ。別にいいだろう。カイも気にしてないようだし。

正直に言えば、確かにあの怪物たちは怖い。命が懸かれば逃げ出したくなることもこれから先あるだろう。けれど、目の前の、助けられる人間は助けたいという気持ちに変わりはなかった。

「それにこのままオークたちを放っておけば、被害がさらに増えるらしいですもんね」

フィアナが付け足す。この子の場合はさらに、自分の故郷が危険に晒《さら》されているという事情がある。戦うのを躊躇う理由はなかった。

「えっと、えっと……わたしも同じ気持ちです。はい」

リゼも上手く言葉にできないだけで、ちゃんと俺やリゼの気持ちはわかっていると思う。

そんな俺たちを見たカイは、少し考えた後、しっかりと頷いた。

「わかった。どっちにしろ人手は欲しかったんだ。味方してくれるなら助かる。……でも一つだけ約束してくれ。絶対に死ぬなよ」

もちろんだ。死にそうになったらその時は必死に逃げる。

☆☆☆

それから十分ほど後。受付のお姉さんからもらった紙を前に、リゼは悩んでいた。紙とは登録用紙のことで、必要事項を記入すればギルド側がそれに沿って登録をしてくれるという物だ。

記入する項目も四つだけ。名前、種族、年齢、職業。以上。種族は人間と書けばいいし、年齢も普通に十六歳だ。名前の欄には当たり前のようにリゼと書いた。

「いいのか。お尋ね者なのに本名書いて」

「いいの。わたしの本名はリーゼロッテ。……縮めてリゼって読んでくれる人はあなたたち以外にいないから。家族も友達もみんなリーゼロッテとしか言わない。それに、本名は長ったらしいから嫌いだったんだ。だからわたしはこれからリゼになるのです」

「そうか」

ここまでは悩まない。問題は職業だ。

「魔法使いでいいのかな？　今のわたしはまだ未熟者。まあ将来的にはすごい魔女になるけど。魔女って書いていいのかな？」

「すごい魔女になるの、まだ諦めてなかったのか……」

確かに今のリゼは魔女とか魔法使いを名乗る実力は伴っていない。格好も、村娘の変装してるわけだし魔法使いには見えない。

「まあ確かに、リゼは魔法使いよりは、奇術師とか裁縫職人とかの方が仕事としては向いてると思う」

「酷い……そんなことは……あるかもしれないけど……」

とはいえ、戦闘メインの冒険者が登録するギルドの職業欄なんだから、奇術や裁縫が得意ですなんて書くわけにはいかない。

「俺はリゼの使い魔なんだし、俺は普通に魔法使えるから、リゼも魔法使いってことでいいんじゃないか？」

「わーい。コータってばそんなこと言ってくれるなんてやっぱり優しい！」

「ぐえっ」

喜ぶのはいいが抱きつくな苦しい。

「カイさん。ギルドって年齢制限とかはあるんですか？　何歳以上じゃないと入れないとか」

文字の読み書きができないらしいフィアナは、カイの手助けを受けながら記入していた。

そして年齢の欄を前にして、そういえば自分は子供だけど大丈夫だろうかと思い至ったようだ。

「規則の上では、最低でも十二歳以上ってことになってる。でも、わざわざギルドが調べることもないから、少しぐらいならごまかしてもいいんじゃないかな。実はユーリもまだ十一歳なんだ」

「そうですか。実はわたしもそうなんです。なら」

疲れたのか、カイにもたれかかりながら座って寝てるユーリにちらりと目を向ける。

フィアナとユーリは同い年。それで通っている先例があるなら、嘘を吐くのも躊躇う必要はない。

ということでフィアナは十二と書いた。ちなみに職業欄は弓使いと書いてあった。

「ちなみにカイさんはおいくつなんですか?」

「俺?　十七だよ」

「じゃありゼさんより一つ年上なんですね。リゼさんとあんまり変わらないのに立派です」

「ねえフィアナちゃん、今わたしのこと遠回しにバカにしなかった?」

いや、これはかなり直接的にバカにした部類に入ると思うぞ。フィアナもリゼの扱いがよくわかってきたな。

ともかくこれで必要事項は記入した。あとは受付に持っていけば登録完了だ。

用紙を受付に渡すと、登録するのでお待ちくださいと言われる。その間に、カイがギルドとは何かを説明してくれた。

ギルドとは、国が設立している冒険者へ仕事を斡旋する機関だ。

国ごとに同じような機関があって、やはり別の国でもギルドと呼ばれている。

完全に通じるわけではないが、自分の登録したギルドである程度の経験を積んでいれば、外国でも相応の身分証明にはなる。

もちろん、国内ではギルドの登録証は正式な身分証明書となるために、手に入れたら紛失は避けるべきである。

ギルドの主な存在意義は、腕に覚えのある者や旅人や無法者一歩手前みたいな人間に仕事と報酬を与えるというものだ。仕事は民間から依頼が来ることが多いが、国家や各領地を治める者たちから来るものも相当量存在する。

後者が持ち込む依頼の内容は、強大な怪物の討伐や貴重な資源の採取など。あとは治安維持に関するもの。

こうすることで、国なり領主なりは経費削減になるし、冒険者たち民間人には金が回ることになる。

ギルドに登録している冒険者たちは全部で10のランクに格付けがされていて、数字が少ない方が位が高くなる。

登録直後はみんなランク10から始め、依頼をこなしていくなど、ギルドに貢献すれば上がっていくという。自分がどのクラスなのかは、登録証を見ればすぐにわかるようになっている。

「登録証の材質と引かれたラインでわかるんだ。たとえば最初、ランク10は鉄製の登録証をもらえる。そして依頼をこなしていってクラスが上がれば……ユーリは今ランク8なんだけど」

カイがユーリの登録証を見せた。鉄製の小さなタグに、名前等の情報と登録番号が彫られている。そして、プレートには銅のような茶色い光沢を持った塗料で斜めに二本線が引かれていた。

「ランクが上がれば銅色のラインを一本引いてくれる。ランク7になれば登録証自体が銅製になる。次は銀色のラインが引かれていく。俺はランク6。ここに銀のラインがあるだろう？」

今度はカイの登録証。なるほど確かに銅の素地に銀色のラインが一本引かれている。

「ランク4で銀素材の登録証で、そこからは一つ上がるたびに金色のラインが一本ずつ引かれる。で、最上級であるランク1は金素材だ。とはいえ、ランク1に関しては国全体でなれる人数が決まってて、空きができるまではどれだけ経験を積もうが2のまま。そこまでは、長くやってれば誰でも辿り着けるんだけど」

なるほど。年功序列みたいなものなのかな。

もちろん、そこに辿り着くためには何度も危険をくぐり抜けなければならないんだろう。昨夜の村での出来事みたいに死んでいく冒険者も多く、口で言うほど簡単な道のりじゃないはずだ。

「ランクによっては受けられない依頼もあるから、最初は簡単なものからこなしていって経験を積んでいくというのが大事だな。でも、今回のオーク退治は、この街の冒険者全員が集められるだろうけれど……」

やはりその問題は付いて回るか。非常事態だもんな。

やがて登録が済んで、リゼとフィアナは鉄製のプレートを受け取った。

冒険者の証《あかし》を手にしてテンションが上がったのか、リゼは無邪気にはしゃいでいる。頼むからうっかりタグをなくしたりしないでほしいものだ。

今日やるべきことはこれでおしまい。俺は見ながら口を挟んだりしていただけとはいえ、二人が登録証を受け取った途端に、眠気がどっと押し寄せてきた。

そりゃそうだ。もう長い時間寝ていないような気がする。ぬいぐるみの体になろうが、魂だけだろうが、ここは普通の体と変わらないから不便だ。

ガルドスが取ってくれているという宿屋に向かう。一つの街に複数の宿があるのも、小さな村との違いか。

予《あらかじ》め話は付いていたようで、宿の受付はすんなりと部屋に通してくれた。カイとユーリは別の部屋で、ちゃんと男女分けて用意してくれたようだ。

そしてリゼとフィアナは、ベッドに倒れ込むとすぐに寝入ってしまった。どれだけ待ち焦がれていたのだろうか、無防備で幸せそうな寝顔に、思わず笑ってしまいそうになる。

俺も、その隣に倒れるとすぐに意識が遠のいていった。

☆☆☆

目が覚めると朝だった。何時間ぐらい寝ていたかはわからないけど、よく寝た。とても気分がいい。

「うー。おはよー。お腹空いた……」

「おはようございます……」

リゼとフィアナもだいたい同じタイミングで目が覚めたようだ。

身支度を整えていると、部屋のドアがノックされた。

「おはよう。起きてるか？　今日、ギルドと領主が討伐隊を編成するらしいぞ。お前たちも参加するよな？」

カイの言葉に俺たちは顔を見合わせて、頷き合った。

また飯を食い損ねないようにと、カイが買ってきてくれたパンを食べながらギルドへと向かう。

詳しい話はまだカイも知らされてないようだけど、領主は意外なことにオーク討伐に協力的な姿勢を見せたという。

村が一つ壊滅したとなれば、さすがに権力者も問題を放置できないのかなと思ったけど、カイもフィアナも疑問が表情に出ている。

俺は思い切って聞いてみることにした。

「なあカイ。その領主様ってのは、なんでそんなに評判が悪いんだ？」

フィアナはカイたちには旅人ということになっているから、ここはカイに尋ねる。カイは少し考える様子を見せた後、答えてくれた。

「俺も旅人でこの街にもそこまで長く滞在してるわけじゃないから、あくまで聞いた話なんだけどさ。この街の領主って奴は……基本的に民のために仕事をしないんだ」

ワケアを中心に、いくつかの村を領地としているここの領主は、その座を代々先祖から受け継いできたという。これはここに限った話でなく、どこの領地、あるいは国でもだいたい同じだという。

「先々代辺りは、名君とは言えなくても人徳のある人物だった。民に尊敬され、特別な資源があるわけでもないこの領地をそれなりに立派に発展させ、それを維持してきた。街の老人の中にも、当時を懐かしむ声は多い」

だが今の領主はその遺産の上に乗っかっているだけだ、というのが民の声だ。

「今の領主は、民から納められる税や年貢を使って豪遊するだけのダメ人間だ。もういい年だというのに、若い頃からまともな仕事もせず、ずっと遊び呆《ほう》けているだけで、民のことなんて見ちゃいない。もちろん、それだって未来永劫続くわけじゃない」

当然、領地の財政状況は芳しくない。だから領主は、自分が贅を尽くす以外の支出に関しては、極端な吝嗇《りんしょく》家なのだという。

たとえば民を脅かす狼などの獣害に対して、領の金を使って維持している兵士たちを使って駆除することさえ嫌がる。ほんのわずかな金を惜しみ、民に血を流させる。それでいて、これまでと変わらない納税は要求する。

聞くだに人間のクズのような奴だな。

フィアナはカイの話にこくこくと頷いている。

そうか、先日の狼退治なんてのはその典型例だったんだな。本来であれば領地を守るために、この街の門に立っている兵士のような戦力があるはずなのだ。

それを金が掛かるから最低限にしたい、と。だから、フィアナの村は誰も助けに来ず、危うく被害が甚大になるところだった。酷い話だ。領民をなんだと思ってるんだ。

そんな領主様だから、国の補助を受けられる上に、腕っぷし自慢たちが勝手に領地の安全を担ってくれるギルドの誘致には昔から力を入れていたらしい。

そりゃ、贅沢三昧《ざんまい》したい領主にとっては是非欲しいものだよな。そうやって呼び込んだギルドがようやくできたのが三年前だっけ。

「それからもう一つ。あの領主が尊敬を集めないところが……女癖が悪いんだ。それもこの上なく」

カイは、心底呆れたといった様子で言った。フィアナの方を見てみると、さっきよりも強く、こくこくと頷いていた。

どうやらその悪名は広く知れ渡っているようだ。

「領主は若い頃から女好きとして知られていた。まあいわゆる、色遊びに派手に金を使うような人間だ。なまじ金を持っているものだから、それはもう凄《すさ》まじかったようだ。そのうち色街で遊ぶのも満足できなくなって、金で強引に誘った若い街娘たちにも手を出し始めたんだと」

それはまたとんでもない醜聞だな。

「一度はその遊びも鳴りを潜めた時期があったとか。二十年ほど前らしいな、正妻がいた時期はさすがに大人しくしていたらしい。その妻も、数年前に亡くなった。それからは趣味が再燃、跡取り息子が立派に大人の年齢だってのに、今も女漁りに精を出しているというわけだ」

時おり街にくり出して女を漁っては自分の屋敷に連れ帰る。領民の姿を見て治世に活かすという名目で領地の村々を回り、やはり女を探す。

しかも、連れていかれた女は殆どの場合戻ってこないらしい。領主の使用人とか、はたまた妾《めかけ》とか、そういう立場で贅沢ながら退廃的な暮らしをしているとの噂だが、実態はわからない。何故なら、見た人がいないのだから。

さらに、跡取り息子も同じ趣味を持ってしまったのか、ここ数年は親子で似たようなことをしているらしい。

救いようがないな。

「あの人たちがうちの村まで来てやることといえば、本当に村で女の人を探すだけなんですよ。酷いと思いません？」

俺とリゼにだけ聞こえるようにフィアナが言った。

なるほどな。これなら領主とやらが、村の住民から極端に評価が低いのも納得だ。そんな話が一通り終わったところで、ちょうどギルドの近くまで来た。

「ほら、あれが領主だ」

ギルドの前の通りで男が立って、何やら演説をしていた。初老に差し掛かっている年齢を考えても、放蕩《ほうとう》三昧でだらしなくたるんだ顔も体もみっともなく、お世辞にもいい男とは言えない。話に聞いていた通りの人物であるとひと目でわかるほどだった。

彼は数人の兵士に囲まれながら声を張り上げているが、その内容も、

「よいか！　これはこの街の一大事だと思え！　今すぐオークどもを殺さなければお前たちはみん

な死ぬぞ！　死ぬんだぞ！　わかったな！　だからお前たちも討伐隊に加われ！　いいな、わかったな！」

「うわ。話すの下手だねあの人」

リゼが思っていたことを素直に口にしたが、本人に聞こえてなかったようだから良かった。みんな同じような事を思ってたし、その場にいる誰一人として真面目《まじめ》に聞いていそうな者はいない。

恐らく、足りない人手を住民から有志を募ることで補充しようという算段なのだろう。人々を説得する一番重要なポジションに就いたはいいものの、あの下手な演説では効果は期待できない。

こうした演説を行ってこなかったから慣れていないのだろう。声が震えているし、言いたいことだけ言って後は自発的に住民が動くのを待つだけという魂胆が透けて見える。これでは聞いた人間を鼓舞したり、考えを変えさせるようなことはできない。

そもそも領主の姿に威厳も何もない。これまでの醜聞《しゅうぶん》を裏付けるような姿からして、士気高揚には逆効果だ。

通りを歩く住民たちは領主の姿をちらりと見はするけれど、それ以上何をするというわけでもなく、日々の自分の仕事を優先しているようだ。案の定、全く支持は集まっていない。

「そもそもこの街の人間にしたら、いくら同じ領内とはいえ普通に歩けば丸一日以上掛かるような距離の村の危機なんて、現実感がないよな」

カイが力なく言った。そんなものなのか。実際に地獄を見てきた身としては悲しい気分になることだけど。

もう一度領主の方を見ると、彼を守るように囲んでいる兵士の中で、一人だけ様子が違う者がいたのが気になった。

パッと見でもその兵士だけ鎧が豪華というか、重装備に思える。兜は着けておらず、顔付きから判断するに女だった。周りの兵士を見ても女は彼女一人だけだ。

カイは俺がその女をじっと見ていることに気づいたのか、彼女について教えてくれた。

「あいつは騎士だな。兵士とはまた違った意味合いを持つ領主の部下だけど……まあ、領主側の人間だし、兵士と同じ扱いをしていいだろう。それよりさっさと入るぞ」

領主のことなんて構っていられるかとでも言いたげに、カイはギルドの建物の中に入るよう俺たちを促した。

表で人望のない領主とそれに従わない住民という締まりのない光景が繰り広げられているとは思えないほど、ギルドの建物内は慌ただしさに溢れていた。

「おう！　カイ、来たか！　とりあえず人員は集められるだけ集めた。オークどもに勝てるかどうかはわからないがな」

その慌ただしさの中心にいるガルドスが俺たちを見つけた。

勝てるかはわからない、か。

ガルドスの話によれば、村から徒歩で避難してきた村人や冒険者たちは昨日の夜中にようやく街まで到達したらしい。これによりオークによる村の壊滅は間違いないということになった。

ギルドはカイの証言を疑っていたわけではないが、領主は下賤《げせん》の者のたわごととして取り合わなかったようである。二十人近い人間の追加の証言でようやく重い腰を上げたようだ。

「それでもあの男、領で持っている兵士は使いたくないらしい。街の警備をおろそかにするわけにはいかないとか言ってな。この一大事に何を言ってるんだか……。説得して、いくらかは兵を連れていくと約束させたが、それでも戦力としては足りない。さてどうしたものか」

そもそも多くの冒険者が最初に村に行って死んだわけで、今のワケアには圧倒的にオークと戦おうという人が少ない。

残ったのはオークとなんてまだ戦えないというような新米か、報酬が釣り合わないだとかなんらかの事情があって行かなかったという、一部の中堅たちぐらい。

元々そこまで大きい街でもないワケアには、オークを物ともしない高ランクのベテラン冒険者は最初からいなかったようだ。

「ねえねえコータ。ここはわたしたちの出番じゃない？」

「いきなり何を言い出すんだ」

事態は深刻。にもかかわらずリゼは余裕そうな様子だ。こいつも、状況をわかってないというわけではないだろうに。

「だからさ。コータの魔力ならその気になれば、ものすごく大きなファイヤーボールを出してオークたちをまとめて焼き尽くすことだってできると思うんだ」

「なるほど。確かに全力でやれば一気に何体もオークを殺すこともできるかもしれない」

「その気になれば村全体を焼き尽くす大きさの炎だって出せると思うよ？」

「そうしたらすぐに片付くけど……それはまずい。村ごと焼くのはダメだ。オークに占拠されてたとしても、まだ村のどこかに隠れて助けを待ってる生き残りがいるかもしれない」

それに、壊滅したとはいえ、お金などオークが使用することのない財産は残っているだろう。それは、避難して生き残った村人たちのためにも残さないといけない、気がする。

「そうだよねー。じゃあ、周りに被害が出ないような炎魔法を使おうよ。ファイヤーボールは大きすぎるから巻き添えが出ちゃう。だったらもっと小さな、ていうか細い炎を出せばいい」

「どういうやつだ？」

「炎の矢。ファイヤーアロー」

「おーい。リゼ、そろそろ出発するぞ」

カイが声を掛けてきたからリゼとのお喋りは中断。リゼは後で教えてあげるねと言って、カイたちの方に駆け寄っていく。

そうだな。早いところ出発しよう。ここやフィアナの村にまで被害が出る前に。

☆☆☆

討伐隊が集まって編隊を組み、まとめて門から街を出る。隊列を構成しているのは、俺たちを含めて十人ほどのギルドの冒険者と領主から借り受けた兵士が十数人。冒険者はギルドマスターのガルドスが自ら指揮を執り、率いることとなった。

兵士については被害規模に対してずいぶん少なく思えるのだが、これでも出せるだけ出したと領主は言っている。国の警備や屋敷の警護のためにも兵は残しておかないといけないとか。

それはそうかもしれない。いちいち総力戦なんてしてられないだろうが、それより驚いているのが、なんと領主自らが現場に行き、兵士たちの指揮を執ると言っていることだ。

有事なんて経験したことがなさそうなのに、大丈夫なのだろうか。

ちなみに住民からの有志は一人も集まらなかった。それはそうか。戦闘のプロが束になっても敵《かな》わない危機に、誰が好きこのんで命を懸けに行くだろうか。

だから、これが戦力の全て。

恐らく最初に集まっていた冒険者の数は、ちゃんと数えてはいなかったものの、今の俺たちの数倍はいたと思う。

勝てるかどうか、不安でしかない状況だ。

村までは歩いて丸一日ほど掛かる。途中で野営をして、村に着くのは明日の朝予定。馬なんかを使えば当然早く着くだろうが、人数分を用意するなどできるはずもない。足並みを揃えるために結局は徒歩の速さの行軍だ。

馬は人数分はないわけだが、この隊には一頭だけ存在する。もちろん、それにまたがるのは領主だ。

まあ、街で一番偉い人間だし、当然といえば当然なのだが、いざとなれば馬で逃げるのではとも思えてしまう。服装と態度だけ尊大で、前線で指揮を執る勇気など微塵《みじん》も感じられないからな。

「ていうか、なんで領主様が付いてくるんでしょうね。邪魔なのに」

前には領主と兵士たち、そしてその後ろを冒険者たちが続く。これは領主の発案だ。自分たちが盾になってやろうというわけじゃなく、単に冒険者に立場を誇示したいだけなのだろう。

「普通に考えれば、自分の兵士は自分で指揮したいとかだろうな。あの男に至っては、邪魔なだけだけど」

「邪魔ですよね。あんな所にいられたら、うっかり矢が当たっちゃいそうです」

「まあまあ。二人とも落ち着いて」

カイもフィアナも穏やかではない。あのリゼが宥め役になっている始末だ。

今まで直接的でないにせよ、様々な不利益を民にもたらしてきた報い、ではあるのだろう。フィアナたちの質素な暮らしも、元をただせば領主の政策によるものだろうし。

まあでも、確かに邪魔ではある。大軍の指揮官気取りなのかもしれないが、最前線で馬に乗って悠々歩くというのはどうなのだろう。指揮官ってもっと後方にいて指示を出すのが普通な気がする。

フィアナじゃないけど、後ろからの攻撃が誤爆する可能性は大いにあり得る。もしくは突然出てきたオークや獣の攻撃を受けてしまうか。

観察ついでに、領主が引き連れている兵士たちを見る。

ほぼ全員が同じ装備だ。手には槍、腰には剣、簡易的な金属の鎧を着た男たち。これがこの領主が持っている兵士たちであり、平時は領の平和を外敵から守る仕事をしている。

しかしギルドの設置により、維持費が掛かる軍隊は削減の方針を取られているせいで、こうした有事に動けるのはこの人数というわけだ。

ただ、それも仕方ないことではある。外敵といえば狼とかの獣害がほとんどで、他の領地から戦争を仕掛けられたり、他国軍が攻めてくるみたいな時代でもないからこうなるのも必然ではある、とはカイの言《げん》だ。

「国境近くの地だったらそうもいかないんだけど、地方領主なんてどこもこんなものなんだよ。まあ、ここはさすがに、極端すぎるんだけどな。……ああでも、領によっては、騎士の存在の有無って差はあるかな」

騎士。さっきもその言葉を聞いた。

ファンタジーではよく聞くし、俺の元いた世界にも国によってはその身分は残っているらしいけど、正直違いがよくわからない。

「騎士は、ただ雇われているだけの兵士とは根本が違う。騎士は主君に忠誠を誓い、その身を守り、一生涯をかけて仕える特別な立場なんだ」

領主の隣を歩く、他の兵士たちとは明らかに違う装備をした女。兵士たちが簡素なそれなのに対して、全身を守る立派な鎧に、大きな盾と剣を携えている。今はこちらに背を向けているが、先ほどその顔は目にしていた。そういえば確かに、他の兵士がただずらっと並んでいただけなのに対して、あの女騎士だけは常に周囲に目配りしていた気がする。恐らく、領主を守り、警戒していたんだろう。

重そうな鎧に隠れて体格はわからないけど、あんな装備を振り回すのだとしたら、それなりに筋

肉質な体をしているんだと思う。

眺めていると、カイは女騎士の説明をしてくれた。

「レオナリア・ニルセン。あの女がこの領唯一の騎士だ。ニルセン家は代々領主に仕えていて、騎士の座も世襲している。彼女は両親を早くに亡くして、かつて騎士だった祖父は今も生きているが年には勝てず現役を引退した。だからレオナリアが若くして騎士の称号を手に入れたんだとさ。世襲とはいっても、他の兵士とは比べものにならないような強さで、統率力も高い」

まさに、領主にとっての切り札的存在といったところか。

そんな人間を連れてきているからには、領主もオーク討伐にはそれなりに本気を出しているということなんだろうな。

それでも引っ掛かることがある。俺はストレートにカイに訊いてみた。

「そんなに優秀な騎士がいるなら、領主自らオーク討伐に付いていく必要ないんじゃないか？　その騎士さんに指揮も戦いも任せればいい」

俺が疑問を口にすると、リゼやフィアナも含めて確かにと頷いた。

わざわざ危険を冒し、前線に出てきた領主の意図は読めないままだった。

しばらく進み、予定通りその日は野営となった。

人数分のテントや上等な寝具なんて物は用意されておらず、兵士も冒険者たちも地面の上に寝転がり、星を見ながら寝ることとなった。

それはいいとして、領主は簡易的ながらもテントを用意していて、その中で眠るようだ。庶民と枕を並べるのも立場的におかしな話ではあるのだが、だったらもう少し、隊の士気高揚のための物を用意できなかったんだろうか、と思ってしまう。

レオナリアと兵士たちはテントを中心に、交替で並んで見張るようだ。見張りを引き受けてくれるのはありがたい。俺たちはゆっくり休ませてもらおう。

そう思っていると、リゼが話し掛けてきた。

「ねぇコータ。さっき言った魔法、教えてあげるね」

ああ。そういえばそんな話もしたな。

リゼに言われ、俺たちは焚き火から少し離れた場所へ移動した。開けた場所で地面に大きめの石を三つ置き、標的にする。

確かファイヤーアローだったか。細い炎という情報と名前からして、矢のような軌道で飛ぶんだろう。

「発動は基本的にはファイヤーボールと同じ。炎を集めて、敵に向かって撃つ。詠唱は〝炎よ集え。燃やし、貫け。ファイヤーアロー〟。簡単でしょう？　じゃあ私がお手本を」

「いやいい。どうせ失敗するし」

「うぐっ！　そ、そりゃこれまでは上手くいかなかったけど！　でも今度は奇跡的に上手くいくかもしれないじゃん！」

「上手くいったら奇跡的って、やっぱりダメじゃないか。ほら、お前が撃ったように見せたいんだろ？　早く手を前に出せ」

「さっすがコータ！　よくわかってんじゃん」

リゼはパッと笑顔を作った。怒ったり喜んだり忙しい奴だ。

石の方に両手を広げて向ける。最初にオークと戦った時の、杖なしで魔法を撃つスタイルだ。

「炎よ集え……」

俺の詠唱に合わせて、リゼの手の前に炎が集まり始める。

「いい調子。この炎を矢とか、大きな針みたいな形にするって想像するの。そして目標に向かって撃つ。撃ちたい相手を見る。複数の相手を同時に意識すれば、その全部に飛んでいく」

リゼの言葉に従ってイメージする。そして少し離れた場所にある複数の石にそれぞれ視線を向けて。

「燃やし、貫け！　ファイヤーアロー！」

炎は矢となり、さらに複数本に分かれて飛び、それぞれ石を直撃した。

近付いてその石を見てみたら、細い穴が穿《うが》たれていた。矢のように衝撃で破壊するのではなく、炎の熱さで対象を溶かしながら刺さる。そういう効果なのだろう。

石でこれなのだから、生き物に対して使えばもっと威力のある技のはずだ。そして感覚的に、もう少し多くの標的でも同時に補足できそうという手応えもある。これなら多数のオークを一気に倒すこともできるだろう。

「やったねコータ！　やっぱりわたしたちは最強だよね！」

「ぐえっ」

俺の魔法に満足したのか、リゼが抱きついてくる。『わたしたち』じゃなくて、ほとんど俺一人の力なんだけど……まあいいか。

☆☆☆

野営地を村から少し離れた場所にしたおかげか、寝ている間にオークが侵攻してくるのにぶつかる、なんて事態にはならなかった。

奴らがまだ村にいるのか、それとも森の中にあると思われる元々の集落にいるのか、それはわからない。

逆方向を目指し、フィアナのいた村に侵攻しているという最悪のパターンについては、考えないことにする。もちろん放っておけばそうなることは想像に難くないので、急がなければならない。

とにかく、二日目の行軍は万事予定通り、村の近くまで辿り着いたことで終わった。

ここまでオークには遭遇していない。冒険者のうち、斥候《せっこう》職の者を先行して行かせて、俺達は一旦停止。その斥候が戻ってくるまでそんなに時間は掛からなかった。

「オークが多数、村の敷地内にいます。今のところどこかへ侵攻の準備をしている様子はありません。確認できただけでも数は三十。村の外縁部からしか確認できなかったので、内部に隠れている総数は更に多いかと……」

斥候がガルドスに報告する。その報告を、領主やレオナリアも聞くこととなる。

「カイの報告ではそれなりの数が倒されたはずだが、生き残りが多いな。他に報告は？」

「村人と冒険者の生き残りが少数ですが、確認できました。男はみんな殺されて奴らの食料となっているようです。見た限り生きているのは女だけで、その……」

「……孕《はら》み袋か」

「はい……」

少しだけ言いにくそうだった斥候をガルドスが助ける。

その言葉の意味は明確にはわからないけど、女を残す、という行為でなんとなく察することができる。リゼやフィアナに尋ねるのは躊躇われそうなことだ。想像だけで十分だ。

「とにかく、こっちはオークどもよりも数が少ない。どうやって戦うか、だな」

その場にいるほとんど全員にとっての悩ましい問題をガルドスが口にする。

可能な限り人員を集めてきたが、それでも足りない。しかも中にはオークとの戦闘経験がない者もいる。

「森の中から遠距離攻撃で可能な限り数を減らし、こちらへ誘い込んだ者から順番に倒していっては？」

「それもいいが、俺たちには地の利がない。それに、森の奥から挟み撃ちを食らう危険もある」

冒険者の一人が出した案は、ガルドスによって却下された。

たとえばこの村出身の人間がいれば、周囲の環境を利用して罠を張ることもできるかもしれないけど、残念ながらそれができる者はいない。

また、一匹ずつ暗殺するには数が多すぎる。

悩んでいると、リゼが元気に手を挙げて発言した。

「はい！　わたしがなんとかしちゃいます！」

もうちょっと真面目な入り方はなかったのかと問い詰めたいところだがもう遅い。仕方がないから、やばくなるまでは喋らせよう。

周りから、なんだこいつはというような冷ややかな視線がリゼに浴びせられる。

そりゃそうだ。リゼは昨日ギルドに入ったばかり、ランク10の新人だ。この大変な状況をなんとかできるなんて期待は持たれていないだろう。せいぜい数合わせ、囮《おとり》か援護程度の働きができれば上等だ。

リゼのことをある程度知っているカイたちは、彼女が何を言わんとしているかなんとなくわかった、というような表情をしている。

「見ての通り、わたしはすごい魔女なんです！　まあ別に、魔法使いの名門の生まれとかじゃないんですけど。クンツェンドルフ家とかとは全然関係ないんですけど」

「おい。真面目にやれ」

「そうそう。この子がわたしの使い魔のコータ。なんと喋ることができるんです」

自由に喋らせたら、案の定自分の素性を明かしかけたから口で制する。

リゼが魔法使いっていう素性を明かしたからには、俺も使い魔であることを隠す必要はないだろう。人前で堂々と動いて話すことにした。

途端、周囲にざわめきが起こる。

使い魔は高い知能を持つが、本来人間のように喋ることは極稀《ごくまれ》だ。それこそ、強大な力を持った魔法使いのものでなければ。

この世界の人間にはそれが共通認識なのだろう、俺の登場で、リゼが高レベルの魔法使いだと思われたようだ。

これは信用させられるかもしれない。リゼにさえ話の舵《かじ》取りを任せず、俺が代わりに話を進めれば、スムーズに作戦を提案できる。

「大丈夫です。俺とリゼの力があればオークがどれだけいようと負けることはありません」

使い魔である俺の太鼓判に、リゼは胸を張って何か発しようとするが、違和感に思い留まったようだ。

「ねえフィアナちゃん……。なんでわたしのお尻触ってるのかな……？」

「リゼさんが下手なこと口走ったら、思いっきりつねって黙らせるためです。喋るのはコータさんに任せましょう」

「うぐ……」

俺の意図を読み取ったのか、フィアナがリゼの隣に立ってくれている。ありがたい。俺たちっていいチームだよな。これからもみんなでリゼの暴走を止めよう。

リゼのことはフィアナに任せて、俺は話を続ける。

「俺の魔法の威力は、自分で言うのもなんですが強力です。俺が本気を出せば、村全体を焼き尽くすことだって不可能じゃないくらいです。……たぶん」

やってみたことはないけれど、半ば確信はしていた。何も知らずに放った咄嗟の初級魔法ですら、オークを一撃で殺してしまえるのだから、本気で集中して炎魔法を使えば恐らくできると思う。

フィアナも自信たっぷりに頷いているし、リゼも余計な口を挟むまいとしながら首だけ動かしている。後はこれを、みんなが信じてくれるかどうかなんだけれど。

「素晴らしい！　是非とも、それをやってくれたまえ！」

食い付いた。しかもよりによって領主が。端整とは言えない顔で気持ちの悪い笑みを浮かべながら称賛を投げ掛けてくる。

「村ごと焼き払ってしまえば、オークは全滅し、他の場所から来た怪物どもが拠点にすることもない！　素晴らしいではないか！　よし、すぐにその作戦を……」

「ま、待ってくれ領主様！　まだ村の中に生きている者がいると報告にあったでしょう。それを見捨てるわけには……」

一人で盛り上がっている領主をガルドスが慌てて遮る。

村ごと焼き尽くすというのは俺たちにとっても避けたいことだから、ガルドスの助け舟はありがたい。だが、領主は頑《かたく》なだった。

「何を言うか、保護した村人たちを救うには必要な犠牲だ！　それに孕み袋にされた女どもも、下手に生き永らえるよりはここで殺してしまった方が楽になるだろう!?」

領主の熱の入った言葉は、しかし本心ではこれっぽっちも村のことなど考えていないのが透けて見える。面倒臭い、さっさと終わらせたいというような。

それがわかるのか、兵士たちも含め、その場に不信感が満ちていく。これではいけない。士気に関わってくるので、俺は口を挟んだ。

「あの！　焼き尽くす以外に方法があります！　もちろん、捕まった人を救出して、オークを全滅させる策が」

今の俺たちは襲撃を受けたあの時と違うところがいくつもある。魔法も、メンバーの意思もだ。

「俺たちを信じて、任せてください」

☆☆☆

村の前に着いた俺たちは、その惨状を直接目で見て確かめることとなった。

村のあちこちに大勢のオークがいて、それぞれに思うまま何かをしていた。

ただ寝ている者や、己の破壊衝動のままに村の建物に棍棒を打ち付けている者。それから、捕まえた女に非道な行為をしている奴も。……孕み袋に対する俺の解釈は正しかった。見ていて気持ちの悪くなる光景だが、俺たちはその中に入っていかなきゃいけない。

覚悟を決め、俺はリゼの肩に乗って村へ入った。

「こんにちはー。村を取り返しに来ました」

村の中に緊迫感に欠けたようなリゼの声が響き、オークたちが一斉にこちらを向いた。

巨大な狼に変化したユーリの背中に、カイとリゼ、そして俺が乗っている。あまりに堂々とした登場に、最初はオークたちもぽかんとしていた。

だがすぐに、獲物の登場にオークたちがいきり立つ。見える範囲にいるオーク全てが、こちらに向かって走ってくる。

よし、始めるか。

やることは昨日練習したのと同じ。リゼがオークの集団に手を向けて詠唱を始めたのを見て、頭の中で同じ詠唱を唱える。同時にオーク一体一体をそれぞれ目で捕捉。

——炎よ集え。燃やし、貫け。ファイヤーアロー！

瞬間、リゼの手から大量の炎の矢が生まれて、オークたちに飛んでいく。

胸、首、頭。急所へ向けて放たれたそれらは、俺の狙い通りの場所に次々と刺さり、その体を貫いた。全員が即死か、致命傷を負って倒れた。

「よし行ける！　次！」

「頼むぞユーリ！　突っ込め！」

手応えを感じているリゼ。カイは次に襲い掛かってくるオークたちに向けてこちらから接近するようユーリに指示する。

そして俺はオークに向けて二度目の矢を放つ。

またも一瞬にして、十体あまりのオークが死んだ。ユーリが地面を蹴って走り、また別のオークたちに向う。

「ファイヤーアロー！」

さらなる矢の射出と、倒れていくオークたち。

カイはリゼを見て、感嘆の声を上げた。

「すごいな。ここまで大勢を一度に捕捉できるファイヤーアローは初めて見た。なんであの夜、最初からこれを使わなかったんだ？」

「え？　えっと……実はわたし、素性を隠さないといけない事情とかあって……」

「ああ、そうだったな……」

カイの当然の疑問に曖昧な答えをするリゼ。事情を深入りはしないと最初に言ってくれたカイは、少し寂しい表情をしながらも納得してくれた。

確かに村が襲われた時にこれを使っていれば、もう少し多くの命を救えたかもしれない。

習得した時にも感じたことだが、今さら後悔したって誰も責めることなどできないし、取り返しは付かないのだ。そもそも、あの状況で新しい魔法を覚えている暇なんてなかっただろうから。

それよりも今は目の前の戦いに集中だ。

ユーリの背中に乗って村の中心までどんどん進んでいく。本当に、どれだけいるんだというくらい大量のオークが現れるが、次々に炎の矢で射殺していく。

「っ！　リゼ、横だ！」

「え!?　どこどこ!?」

「オオオオオオオ！」

建物で死角になっていた位置からオークが飛び出してきた。俺は慌ててそっちに意識を向けるが、詠唱をする必要はなかった。

矢が二本、オークに刺さって動きを止める。直後に俺のではないファイヤーボールが直撃して、オークは死んだ。後方に目を向けると、フィアナや他の冒険者がこちらに弓や魔法の杖を構えている。

「援護は任せろ！　だからお前たちは好きなだけ暴れろ！」

後方でガルドスが声を張り上げた。他の冒険者や兵士たちも戦線に加わり、連携しながらオークを一体ずつ倒していく。

一方、領主は後ろで馬に乗って見ているだけだ。指示の一つもできないなら、あいつは本当に何をしに来たんだろうか。

ようやく村の中心へ辿り着いた俺たちは、周囲から迫るオークを確実に倒していく。撃ち漏らした者は他の仲間たちへ任せる。

大きな斧を持ったガルドスが、オークの腹にそれを打ち付けてかっさばく。レオナリアが、別のオークの足を剣で切り裂き、倒れたところを他の兵士たちがとどめを刺す。

みんなそれぞれ連携し、奮闘していた。

オークは個の力もそれなりに強いのだろうが、最大の脅威となるのはその圧倒的な数の暴力だ。だからこうして、連携が取れないほど多数が倒されてしまえば、後は常人よりも能力が高いだけの個が散らばるのみだ。

俺たちが倒した数は多いが、冒険者や兵士たちも負けじとオークの死体の山を築いていく。

「オオオオオオオ！」

「ガルル……！」

炎の矢を撃った直後、オークが一体、こちらに猛然と突進してくる。仲間の体を盾に使って生き延びたらしい。

すぐさま次を撃とうとしたところで、先にユーリが動きこのオークにぶつかる。狼の突進にオークは力負けして仰向《あおむ》けに転倒、その上にカイが飛び降り喉に剣を突き刺した。その間にこちらに接近してくる別のオークに、俺は炎の矢を放って倒した。

中心部を囲んでいたオークたちも短時間でほとんど片付いていく。

オークたちは劣勢だと悟ったのか、こちらに襲ってくる勢いもなくなってきて、ついに逃亡を試みる者さえ出始めた。

どこに逃げる気かは知らないが、みすみす逃がしてたまるかよ。ばっちりそいつも視界に捉え、背後から炎の矢の餌食《えじき》にしてやった。

——戦いは、思っていたよりもずっと呆気なく終わった。

気がつけば、生きているオークの姿は見えなくなっていた。

村にあるのはあの晩に殺された人間と、オークの死体ばかり。俺たち討伐隊や、捕らえられていた者はみんな無事だった。

これは、完全勝利と言っていいだろう。

「うへー。疲れたー！」

「お前は何もしてないだろ。魔法使ったのはみんな俺だぞ」

「でも疲れたんだもん！」

他の人々が後処理に追われる中、リゼはそんなことを口にしながら、建物の壁に寄り掛かって座っている。

周りからすれば、この戦いで大活躍したのはリゼであって俺ではない。俺の存在はせいぜいご主人様の補助とかその程度だと考えられている。

あれだけすごいファイヤーアローを何発も撃ったのだから、それはそれは疲れるだろう……とみんなも納得しているようで、休憩を咎める者はいなかった。

まあ、全く戦えないのに死地にいたんだから、精神的な疲れもあるだろう。変に動き回って邪魔をするよりは、こうして大人しくしていてくれた方がいい。

「よう。この中に人はいるか？」

ガルドスが近付いて声を掛けてきた。

村の家々を回って、隠れていたりオークに監禁されていた人間がいないかを確認している途中なんだろう。

「いないみたいですね。それは確認しました」

リゼの代わりに俺が答える。その方がスムーズに会話が進む。

「そうか。ありがとよ。どうやら、生存者の数はそんなに多いわけではなさそうだな。家の中に隠れて生き延びるなんてことができた奴は、少なくとも今のところはいないらしい」

「そうですか……」

歯がゆい思いをしていると、ガルドスはぽんぽんと俺の頭を叩いた。力加減してくれても、小さな体ではかなり痛い。ぐえっと声が漏れる。

「悔やんでも仕方がない。まだ生きている人間を救えたんだから、大手柄だよ。ところで……」

ガルドスはふと空を見上げる。ちょうどお昼時といったところか。

「日が沈むまでまだ時間がある。あのファイヤーアロー、あと何発か撃てるか？」

「はい？」

どういうことだろうか。まさか、まだ戦いがあるのかと尋ねる。そして、どうやら本当にそうらしい。

「最初にギルドに来た依頼だ。オークの本拠地を潰すってのもやらなきゃいけないからな。できることならここ以外、どこにも被害がないうちにやっておきたい」

ああそうか。オークの本拠地は別の場所にあるはずなんだ。

オークに捕まった女たちの救出と応急手当が一段落した辺りで、ようやく危険はないと確信したらしい領主が俺たちの前に姿を現した。レオナリアがそばを離れてから今まで、どこかに隠れていたらしい。

「よくやった諸君。この私自ら褒めてやろう。さあ、こんな所に長くいる必要もない。日が暮れる前に村を出よう」

「まだです。この村の近くに、オークどもが最初に拠点にしていた場所があるはずです。そこも叩かないと。そこにどれだけ生き残りのオークがいるかわかりません」

早く帰りたいという様子の領主に対して、ガルドスがさっき俺にも言ったことを進言する。まだここを去るわけにはいかない。もう一つの拠点も滅ぼさない限りは危険は去らない。

「なんだ、そんなことか。では後日、改めて私が兵を出す。そしてオークどものねぐらを捜索して攻撃する。それで良いではないか」

あからさまに面倒がっている態度だ。

自分は何もしていないくせに、さっさと切り上げて日常に戻りたいのだろう。

大体、後日なんて言っているけど、今まで何もしてこなかった奴が急に乗り気になり、何度も兵を派遣するなんて考えにくい。

ガルドスも俺と同じ意見なのか、今日のうちの決着をなんとか認めさせようとする。

「しかし日が経ちますと、奴らもまた態勢を整え力をつけるでしょう。生き残りの数が多いと危険です」

「だが私の兵たちは行軍と戦闘の疲れが出ている。彼らにまた戦えと、ガルドス、お前はそんな非情な命令をするつもりなのか?」

領主はいかにも痛いところを突いたぞ、とでも言いたそうに得意げな顔をした。

そんな二人のやり取りに空気を読まずに割って入ったのは我らがリゼだ。

「ところがわたしたち、全然疲れてません！　まだまだ行けます！」

お前、さっきまで疲れたとか言って壁にもたれて座ってただろ。あと〝たち〟って、周りを一切見ずに言うんじゃない。普通に戦った人たちは普通に疲れてるんだよ。

まあ回復が早いのと、この場に限って空気を読まなかったことに関しては褒めてやらんでもない。オークとの戦いの一番の功労者が余裕を見せているのだから、他の人間ももう少しはやれるかもという気になったようだ。

分が悪くなった領主は、不快感をあらわになおも食い下がった。

「だがお前たちはその、オークの本拠地か？　その場所もまだわかっていないというではないか！日が暮れる前にそれを探せるのか？」

「それなら問題ありません。探せます」

口を挟んだのはカイだ。その口ぶりからはかなりの自信が窺える。

「短い時間で探せると思います。今から捜索すれば、日が沈む前にオークの集落に辿り着くのも余裕でしょう。どうですか？　とりあえず集落を探して敵の生き残りの数も見て、勝てそうなら叩く。無理そうなら一時撤退ということで」

すぐに探し出せるというなら、それは理に適《かな》った提案に聞こえる。ガルドスもそれを聞き入れた。

「そういうことなら、ご多忙な領主様にこの場に留まっていただく必要もない。カイを含めた少人数で探索して、まずは敵情偵察だ。領主様、もしお時間の都合が付かないなら先にお帰りいただいても構いません。ここから先はギルドの人間が主導になりましょう。……ただ、手助けのため兵士は何人か残してもらえますか？　もちろん損害は出さないことをお約束しましょう」

「ま、待て！　そういうことなら私も残るぞ！　オークをそのままにはしておけん！」

急に主張が変わったな。どうもこの男の意図するところが読めない。何か考えがあるのだろうか？　隠しごとをしてるのは確かだろうけれど。

カイはユーリを引き連れて村の中心の広場へ向かう。

本拠地の捜索隊はカイと、鼻の利くユーリを中心として、リゼと俺も、捜索中にオークと遭遇した際の護衛で同行する。それからガルドスと、領主側の人間もということでレオナリアも付いてくる。

その他の人たちには少し離れた場所から付いてきてもらうことにした。

「よろしくお願いします」

俺が挨拶をすると、レオナリアはスッと会釈を返した。改めてその姿を見る。二十歳ぐらいの女で、あまり喋るタイプではないようだ。長い髪を一本にまとめており、立派な鎧は輝きを放っている。

さっきの戦いぶりを見るに、明らかに自分より大きなオークにも臆せず立ち向かう勇敢さと強さを持っている。その意志の強さが表情に出ているのか、切れ長の目にはどことなく近寄りがたい空気を感じる。

俺たちは村の広場で目的のものを探した。

「あった。あの死体だ。俺たちの知っている最初の犠牲者」

広場に倒れている死体の一つにカイが目を付ける。死後二日経っており、既に腐敗が始まった死体はハエがたかって見れたものではないが、位置や腕を失っていることから見て、あのナンパ男だ。

「酷い臭い……。臭いも変わってるし、嗅ぎたくない」

ユーリがカイに不満そうに言った。

「大丈夫だ。あいつ怪我してただろ？　片腕をばっさり切られて血を流してた。それを追う」

森の方からナンパ男が倒れている位置に向かって、転々と血の跡が続いている。

てっきり変身するかと思ったけど、ユーリは人間の姿のまま身をかがめてそれに鼻を近付け、臭いを嗅ぐ。

「ユーリはワーウルフだから臭いには敏感なんです。人間の姿のままでもその能力は十分に発揮できる」

「……こっち」

ユーリが先導して歩いていくのに、俺たちはぞろぞろと付いていく。

あの男が来た方向に歩いていくが、そこでもオークの破壊と殺戮《さつりく》の跡ははっきり残っていた。

むしろ冒険者たちが駆けつける前に最初にオークが暴れていた方向だからか、村よりもずっと損壊が激しいように思える。

あの男は宿は使わず、ここらの家に泊めてもらおうとしたのかな？　リゼたちに声を掛けてきたことを考える辺り、この辺に住んでいた若い娘を狙っていた可能性もあるけど。

「カイ。あの人の臭いは、森の中に続いてる。途中で血を流す量が変わってるから、森の中で怪我をして、その状態で急いで村まで戻って、そこでもう一回怪我をした」

そういえばあいつの怪我してる箇所は切断された腕と、背中に刺さっていた剣の二つだったか。どちらも大怪我だろうけれど、どちらかを負った状態では致命傷には至らなかったのだろう。

「それより。森の中で怪我をしたってことは、あいつは森の中に入っていったってことなんだよな」

「つまりどういうことだ？」

ガルドスの相槌にカイは少しだけ考えてから答えた。

「推測ですけど、あの男たちは抜け駆けしようと考えたんじゃないでしょうか。翌朝の予定だった討伐を、自分たちだけで」

「そんな軽率なことをする奴らなのか？」

「まあ、色々とあったので、苛《いら》ついていたのもあるのでしょう」

カイが俺を見るけど、俺のせいじゃないよね？　むしろカイが怒らせた方が大きかったんじゃないか……？

つまりはこうだ。ナンパ男たちはオークの討伐を、他の冒険者よりもフライングして利益を多く掻っ攫《さら》おうとした。だが、なんらかの原因で失敗し、ああなってしまったのだろう。

無理もない。奇襲を受けたとはいえ、あの人数の冒険者たちでさえ蹂躙《じゅうりん》されたのだ。ナンパ男たち三人組だけで、なんとかなるとは思えない。

ユーリは臭いを辿りながらずんずんと森の中に入っていく。

ナンパ男が逃げていったルートを逆に探りながら進むと、その途中で新しく死体をいくつか見つけた。オークの死体がいくつかと、装備を着けている人間の死体が二つ。

やはり腐乱が始まっていて確かめるのは難しいが、人間の方はさっきのナンパ男と一緒にいた二人なんだろうな。

そしてここが、彼らが襲われ、殺された現場か。

「ユーリ、ここからはオークの臭いを辿ることになる。できるか？」

「うん。任せて」

ユーリはまた地面に鼻を付けて臭いを追っていく。

「彼らは抜け駆けした後、オークのねぐらを探して彷徨ったんだろうな。その途中、多数のオークと遭遇したんだろう。あの男だけがなんとか逃げ延び、助けを求めてか、警告のためか、とにかく村まで戻ってきたんだ」

「あっちだ。オークの臭いが続いてる」

ユーリが指した方向は、踏み荒らされた草木が道になっていた。獣にしては大きく、重い足跡も見つかる。

それから臭いを追っていくと、森の中に木々が生えていない、ある程度の広さのある空き地のような場所があった。

「見てみろ」

声を潜めたカイが指す方向。そこには数体のオークと、捕まったと思《おぼ》しき裸の女たちがいた。

ある程度の集落化もされているのか、作りかけの棍棒らしき物や食べかす、女たちを捕らえるための拘束具のような物が転がっている。

「あいつらのいる所、わたしたちが出会った場所みたいだね」

「そうだな。こういう場所ってのは森の中に結構できるものなのかもしれないな。それにしても……オークの数が少なくないですか？」

前半はリゼへの返答。後半はカイやガルドスたちへの問い掛けだ。あの夜押し掛けてきたオークや、さっき殺したのと比べれば圧倒的に数が少ない。

「オークのほとんどは村に移ったんだろう。だが最初にねぐらにしていたここにも、繁殖や支援のために少しだけ残ったってところか。だがおかしいよな。そもそもこの森にオークが棲息してるなんて聞いたことがなかったぞ。それに……」

疑問に答えたのはガルドスだ。彼はさらなる疑問を抱いたらしい。

「残った奴らはそう動かせない財産の管理も兼ねていると考えて……奴らに動かしづらい財産があるとすれば、あの女たちくらいなものだろう。だが、村で捕らえた者をここまで運んでくるとは考えられない。村で攫った女は、村で使えばいいだろう。なら、あの女たちは、どこの誰だ？」

元々いるはずのないオークと、どこから来たかわからない女たち。

どちらも自然に発生するはずがない。また、オークが人間のようにキャラバンを組んで旅をするとも思えない、というのがガルドスの言だ。

もしここで原因を特定せずに放っておけば、またオークの被害が出かねない。

「じゃあ、あの女の人たちに聞いてみればいいんじゃないですか？　今すぐに助けてあげたいですし。オークは見えているあれで全部なんですよね？」

相変わらず、リゼが緊張感がないというか、簡単な風に言ってくれる。実際にあの程度なら俺たちですぐ片を付けられるわけだから、助けることはできなくないけど。

ガルドスとカイが首肯したので、リゼは前に出た。

「炎よ集え。燃やし、貫け。ファイヤーアロー！」

俺はリゼの詠唱に合わせて、突き出した手のひらに炎を集約させ、放った。

視界にいるオーク全てに、それぞれ数十本の炎の矢が刺さる。

さっきと比べても敵の数が少ないから一体一体に刺さる矢の数を多くできた。オークたちは各々が取っていた行動で固まったまま、即死した。

もちろん捕まっている女たちは無事だ。何が起こったのかわからず、見回している。

敵の壊滅は一瞬でできたが、一応は今ので隠れているオークが出てこないかと少しだけ待ってから踏み込む。

その頃には後続の冒険者や兵士、それに守られている領主も追いついてきた。

「大丈夫か？　もうオークはいなくなったからな。もう安心だ……」

とりあえず保護されて、与えられた布で体を隠している女たちにガルドスが声を掛けていくが、返答は芳しくない。

度重なるオークによる陵辱によって、まともに話もできないくらいの精神状態らしい。ここから立ち直って、話ができるなんてことはないだろう。

「もうこの女どもは元には戻らん。潔く殺してやった方が幸せじゃないか？」

その様子を見ながら領主はそんなことを言い放った。

確かに、生きていればこれ以上辛いこともある。オークたちの子を孕んでいるかもしれない。けど、だからといってそんなもの、気遣いとは呼べない。

俺以外のほぼ全員もそう思ったのだろう、領主には非難の視線が集中した。特にリゼやフィアナからは殺気さえ感じる。

その様子に、領主は泡を食って叫んだ。

「な、なんだその目は！　私はむしろ、この女たちのためを思って……」

「だったら少し黙っていてください。この人たちにも、帰る家や待っている人がいるはずです。それを奪う判断は、あなたが下すものではない」

カイが女たちを守るように立つ。

「よしコータ。あのデブにファイヤーボール」

「無茶言うな。気持ちはわかるけど」

リゼも思うところは一緒のようで、俺に物騒な指示を出して手のひらを向ける。いや、それ、撃つのは俺なんだけど。

フィアナも弓に手を掛けているし、我慢の限界なのだろう。

他の冒険者達も黙ってはいるが思うことは同じに見える。それが、この人でなしの領主をさらに苛立たせたようだ。

「まったく。これだから学のない荒くれ者どもは……。領主たるこの私が、領民のためを思ってやっていると何故わからない？　時に非情に徹することも、指導者として必要なことなのだ。ええい、もういい。レオナ、女を殺せ」

「は……」

領主がレオナリアに命じる。

だが、レオナリアも同じ女としてか、はたまた領主よりは人間的なのか、剣を手に取ったまま躊躇っているようだ。

だが、領主の命令は、騎士にとっては絶対。剣を構えたレオナリアに、冒険者たちは一斉に自分の武器に手を掛けた。何かあれば、お前を殺してでも止めるぞ、という意思表示だ。

「何をしているレオナ！　さっさと殺せ！　冒険者の邪魔など気にするな！　一緒に殺してしまえばいい！　お前たちも手伝え！」

領主はさらに兵士たちにも命じる。

忠誠など薄い兵士たちはレオナリア以上の躊躇いを見せているが、それでも雇われて生活を握られている関係上、領主の命令に逆らうのも難しいのだろう。槍や剣を冒険者たちに向けてくる。

「リゼ、コータ。もしやるとすれば、あの兵士たちを全員殺すことはできるか？」

領主の軍と冒険者たち。お互い睨み合ったまま動かない時間が続く。もし動けば即戦闘になる一触即発の空気の中で、カイが小声で尋ねてきた。

最悪の事態になった時、自分たちは人を殺してでも生き延びられるかという質問だ。

「できると思います。……でも俺は、人を殺したことがない」

「そうだよな。普通はそうだよな。なら、いざとなれば、殺す覚悟はあるか？」

「……嫌ですけど、自分が死ぬぐらいなら、やるかもしれません」

そうとも。死ぬのは御免だ。だけどそのために人を殺せるかといえばそれはまた別の問題で。

緊張感に耐えるのも難しくなってきた。このままでは本当に戦闘になる。どうする？　どうすれば……。

「なあ、ちょっと待ってくれ！　みんな、こっちを見てくれ!!」

その時ガルドスの声が響いた。両陣営がピクリと動いたが、幸いにして戦いになるのは堪えられた。そのままガルドスは続ける。

「この女、領主様の奥方様じゃないか!?」

ガルドスが何を言っているのかがわからず、俺たちはみんな、顔を見合わせた。

領主様の奥方様は、数年前に病気で亡くなったはずだ。なんでそんな人がここに？　見間違いじゃないだろうか。

ガルドスのそばには、少し年の行った女がぼんやりと座っていた。ガルドスは彼女を見て、震えながら「間違いない」と何度か繰り返していた。

両陣営に走る動揺。その空気を割ったのは、領主だった。

「あり得ない！　何を言ってるんだ！　我が妻は三年前に死んだのだぞ!?　その女は似てるだけの別人だ！　血迷ったか、ガルドスよ！」

明らかに狼狽《うろた》えている。この男が言う通り、彼女は奥方様に似てるだけの別人だとすれば、何をそんなに慌てる必要があるのだろう。

だが、ガルドスも領主に対して、一歩も引かなかった。

「見間違えるはずがないだろう⁉　俺はこの方をよく知っている！　確かにやつれてはいるが、間違いなく奥方様だ！　彼女は病で死んだのではなかったか！」

「死んだに決まっておろうが！　では何か⁉　ガルドス、お前は、私がオークどもに孕み袋として自分の妻を渡したとでも言うのか⁉　私のみでなく、死んだ妻さえ侮辱する最大級の罪であると知れ、ガルドス‼」

「おい、ちょっと待て……」

今のは領主が、この邪悪な男が口を滑らせたのではないだろうか。

「まさかお前、本当にそんなことしたんじゃないだろうな……」

俺の言葉に領主の顔が青くなるのがわかった。

そうじゃないか。オークも女も、どこから来たのかはわからない。でもここにいるからには、どこかからか来たはずだ。

あるいは誰かが持ってきた、とか。

領主の妻が亡くなったとされるのは三年前。そういえばギルドが街にできたのもその頃だ。

ギルドができれば街の運営は大いに楽になる。領主も、民から集めた税を用いて贅沢三昧がこれまで以上にできるために、ギルドの設置には力を入れていたらしいしな。

ギルドに大きな仕事が舞い込めば、遠方からも冒険者が来る。そして金を稼いで、その金を使って街の経済がさらに潤う。

では、手っ取り早く冒険者たちに金を使わせるにはどうすればいい？　簡単なことだ。楽に大きく稼げる仕事を用意すればいい。それもなるべく、大人数が関わるような。そう、まさに今回のような仕事だ。そしてそれを、被害を受けた村にでも依頼させればいい。

今回を例にすれば、オークの集落ができるのに必要なのは、適度なスペースと、オークと、そして女。

まずこんな風な空き地を村の近くで探し出し、オーク数匹を放つ。力を付けるまでは簡単に世話をしてやればいい。

それから女だ。これも何人か用意していれば、オークは勝手に犯して勝手に子を作る。オークは成長が早いらしいから、生まれた子供はすぐに大きくなって、また子を作ろうとする。

そしてオークたちは、勝手に略奪を行って生活を整える。

さて、最初に与える女はどこで調達すればいい？　たとえば、放蕩生活に邪魔な妻を病気と偽って死んだことにしてオークに渡す。他には？

領主は女好きで、領内でよく女漁りをしていた。そして屋敷に連れて帰られた女の多くは戻ってこなかったという。

この領主はギルドが来た三年前から、将来を見越してオークの集落を作り上げ、この村に依頼を出させるように仕向けていた。

想定外だったのは、勢力を伸ばしすぎたオークたちが、村を滅ぼしてしまったこと。そして、冒険者たちを壊滅させるほどの力を持ってしまったこと。

「お前……自分の贅沢のために、妻や領内の女たちをオークの孕み袋にして、オークの集落を作ったんだな？　この件は全部お前のせいなんだな!?」

俺の指摘をその場の全員が聞き入った。そしてこれをどう受け止めていいものか全員が困惑しているようだった。

全部俺の推測だ。真実は、彼女らに確認できなければわからない。

けれどここに領主の奥方がいるという事実と、これまでの領主の言動からなんとなく察することはできた。

領主がオークのねぐらを早急に探そうとしなかったが、カイたちが探す手段を持っているとわかった途端に手のひらを返したこと。見つけた女たちはすぐ殺そうとしていたこと。

恐らく、自分の目の届かない所で好き勝手されたくなかったのと、万が一女たちが正気を取り戻した際を考えて始末しておきたかったのだろう。

長い沈黙の中で最初に口を開いたのは領主だった。

「……黙れ！　言わせておけばいい気になりおって！　所詮魔女の使い魔風情《ふぜい》が、この私を罪に問おうというのか!?」

「知るか！　領主とか冒険者とか使い魔とか、今は関係ないだろ！　お前は本当にこのオークの集落を作ったのかって聞いてるんだ！」

「うるさい！　黙れ黙れ黙れ！　私は、領内の未来を見据えたがゆえの正しいことをしたのだ！

お前たちのように、日々の糧を得るために獲物を狩るだけの、気楽な暮らしに甘んじればいい者たちとは違う！」

それは明確な自白だった。ヒートアップした領主は、どうやら思い至っていないようだったが。

「うわ、最低……」

リゼがボソリと言う。こいつが最低って言葉使うなんて、相当な悪党なんだろう。

「わたしや皆さんは、あんな奴のために働いてたんですね……」

フィアナも心底嫌そうに言った。フィアナの村はあいつのために働いて、貧しい暮らしを強いられながらも税を納めていたわけだから、なおさら嫌な気分にもなるというものだろう。

たぶん冒険者たちの気持ちも同じ。可能ならば今ここで領主を殺してしまいたいと思っているはず。

そんな気持ちを察することもできないのか、領主はわめき続ける。兵士や騎士の後ろに隠れながら。

「いいか！　これは全てお前たち領民のためだと思え！　にもかかわらず私を非難するならば、これ以上は反逆行為とみなすぞ！　レオナ！　兵士ども！　こいつらを殺せ！」

領民のためと言いつつ、このことが明るみに出るとまずいというのはわかっているらしい。

だからここで俺たちごと事件を闇に葬るつもりだ。兵士たちは改めて武器を構えるが、そこに覇気は感じられない。

金で雇われていようが悪事に加担する罪悪感までは覆せないのだろう。

「しかし領主様。これでは……」

レオナリアが兵士たちを代表して声を上げる。やっていることに筋が通らないと、さすがにこの騎士もわかっているようだ。しかし領主がそれを許さない。

「何をしているレオナ！　私の命令が聞けんのか！　騎士の誓いを忘れたか！」

「くっ……」

騎士の誓いとやらがどれほどのものかは俺にはわからない。けれど、レオナリアは忠義に厚い方なのだろう。

たったそれだけの言葉で、引くことはできなくなってしまったようだ。とはいえ、俺たちに攻撃することも躊躇う彼女は、自問自答しているようであった。

なおも続く膠着状態にしびれを切らしたのか、領主はゆっくりと後ずさりしていく。

「いいか！　お前たちはギルドの人間と、あの女どもを全員殺しておけ！　私は先に街に戻る！」

「あ！　おい待て！」

逃げることを選択した領主は、こちらに背を向けて駆け出した。

すぐさまカイが追いかけようとしたが、その喉元に剣が突きつけられる。レオナリアだ。

どうやら自問の末、忠義を選択したらしい。

「領主様のご命令だ！　ここを通すわけにはいかない」

「そうかい……じゃあ俺を殺すというわけか、騎士様？」

「それが命令だと言うならな……！」

剣を突きつけられている状況にもかかわらず冷静に、カイはレオナリアを煽る。

レオナリアは、苦虫を噛み潰したように歪んだ顔で返答した。忠義と良心の板挟みに、苦しんでいるに違いない。

永遠に続くかと思われるほどの膠着《こうちゃく》。お互い、動くことはできない。

「わかった！　もういい！　やめよう！」

兵士の一人がそう叫びながら、槍を地面に落とした。すると緊張の糸が切れたように、他の冒険者や兵士も武器を下ろしていく。

誰だって、正義を曲げてまで人を殺したくなどなかったのだ。俺はほっと胸を撫で下ろしたが、レオナリアだけは相変わらず、カイに剣を突きつけたままだった。

カイも、武器に手を掛けながらも動けないでいる。

「カイ。今は戦う時じゃない。こっち来て。どうしても戦うなら、僕が代わりにそいつを殺す」

「ちょっと、ユーリくん！」

フィアナが叫ぶ。

いつもみたいに淡々とした口調。けれどユーリは、相棒に剣を向けているあの騎士は許せないとばかりにカイとレオナリアの方に向かっていく。フィアナはそれをなんとか押し留めている。

「わかった。ユーリの言う通りだ。騎士さん、一旦剣をしまえ」

言いながらカイはゆっくりと後ずさる。

レオナリアが急に喉に剣を突き入れてこないかを十分に警戒しつつ間合いの外に出て、カイも安堵の息を吐く。

この場で剣を構えているのは、レオナリア一人だけとなった。

「レオナリアさん。もういいんだ。あの男の命令なんて聞かなくていい」

そんなレオナリアを、兵士の一人が説得する。さっき最初に武器を捨てた者だ。そして、何か事情を知っているようでもあって話を続けた。

「あの男がオークの集落を作ったのは本当だ。女を連れてきて孕み袋にしたのも本当なんだ……。何故なら、俺がここまで女たちを連れてきたんだから！」

叫び出した兵士に、視線が集まった。レオナリアは目を見開き、その兵士を見る。

俺の考えは正しかったらしい。

兵士の話では、領主はギルドの仕事の創出のために、オークを遠方の商人から買って密《ひそ》かに森に放した。それから自分の妻や、領地から連れてきて一通り楽しんだ後に飽きた女たちをオークに与えたのだという。あの領主と同じ趣味を持った息子も途中からそれに加担した、とも。

そして彼以外にも、そうした兵士は数人いたのだと。

「言い訳するつもりはないが、あれは協力を求められたなんてものじゃない。脅されたんだ。手伝わなければ……お、俺の女房をオークに渡すって……」

「俺は娘を連れていくと言われた……」

別の兵士も名乗りを上げた。最初の兵士は意外そうな顔をするが、すぐに納得したようにうなだれた。

当人以外には協力者は極秘で、自分以外にこんな非道に手を染めている人間はいないと考えて、余計に罪悪感が募ったのだろう。

当然ながら人に相談できるような話でもない。針の筵《むしろ》の上で、苦しんでいたに違いない。

床に座り込み、すまない、すまないと繰り返しながら涙を流し始めた兵士たちを、仲間たちが寄り添って宥めた。

実行犯ではあるが、彼らもこの件の被害者の一人だと言える。

場を支配する兵士たちに同情的な空気。だが、そんな中でただ一人だけ、レオナリアは武器を下ろすこともせず、かといって感情を爆発させたりもしなかった。

未だ、どうするべきかわからない、といった風だ。

「レオナリアさん。そういうことなんだ。あの男に従っては騎士の名が傷付く。どうか剣を下ろしてくれ」

兵士たちがレオナリアを刺激しないようゆっくり近付き、説得する。

「騎士の名……領主様に誓った、誇り……」

「レオナリアさん。さあ、剣を……」

「触るな！」

一人が剣を取り上げようとした時、突如として彼女は声を張り上げ、剣を振りかぶった。

葛藤に答えが出たわけではないだろう。ただ、近付く者に反射的に剣を振るっただけだ。

「コータ！」

「わかってる」

心の中でファイヤーアローを詠唱する。一本だけ生成された炎の矢が、レオナリアの剣を貫いた。

剣身を溶かしながら貫いたそれは、レオナリアの横を通り過ぎて消える。

呆然と、剣身の消失した剣を眺めるレオナリア。

「…………」

彼女は俺たちを睨みつけた。殺意すら感じる。けれどここで俺たちに剣を振るうことは正義ではないと理解はしているのか、やがてこちらに背を向けた。

「私は、常に領主様と共にある」

そしてトボトボと力なく歩いていった。領主が逃げていった後を追うように。

何人かが追いかけようとして、別の誰かに止められる。きっと追いかけても無意味だと。

「よし。夜が来る前に村に戻るぞ。今夜はそこで泊まる」

ガルドスに言われてようやく気づいた。オークの脅威がなくなったとしても、戦えない人たちを抱えたまま、狼の群れなんかに襲われればたまったものではない。

動けない女たちを運ぶのは、兵士たちが協力してくれた。

押さえつけて命令する領主がいなくなれば、なんだかんだで話がわかるいい人たちなんだろう。

だからこそあの領主のクズさが思い知れるというものだけど。

☆☆☆

死体は一箇所に集められたが、腐敗が進んでいるため村中に酷い臭いが立ち込めていた。それでも、壊されていない建物の中に入って寝れば少しはマシになるだろうと思える。

寝床と食料を確保して、捕まっていた女たちに着せる服も探した。

「なければ作るよー。布ならいくらでもありそうだし」

「気持ちはありがたいが、服もいくらでもありそうだから今はその必要はないな」

「そっかー」

裁縫仕事がしたいだけらしいリゼは放っておこう。本当に必要になったらその時頼むということで。

オークの死体は数を確認する。ギルドで記録を作るためらしい。

死体は、身元確認ができる物を回収しておく。冒険者は、体が残っていれば登録証があるし、頭だけになった者も、今回討伐に参加した中に知人がいたりして、ほぼ全員の身元がわかりそうだった。

村人に関してはお手上げだ。誰もこの村の出身ではないので、保護している生き残りの村人たちに尋ねてみるしかない。辛い仕事だが、仕方ないだろう。

彼らの弔いをするにも人手が足りなかった。明日は朝早くここを発《た》って急いで街まで戻ろうという話になり、俺たちは早めに休むことになった。

「そういえばさ、街に戻ってもあの領主がいるんだよね？」

これから寝ようという時に、リゼがふとそんなことを口にした。

酒場の上の宿の一部屋。元々は一人用の部屋にリゼとフィアナと俺が押し込まれているわけだが、文句はない。

何しろまともな部屋は少ないのだ。壁が壊されたり血が床に広がっている大部屋で雑魚寝になるよりはマシだ。

一つだけのベッドはフィアナに使ってほしかったけれど、彼女はリゼを一緒に寝ようと誘ってくれた。

「あんな嫌な奴が大人しくしてるとは思えないんだよね。わたしたちの妨害くらいは考えてそう」

リゼの言葉の通りだ。村に戻ってみたら馬がなくなってたから、領主は今も走り続けてるんだろう。当然俺たちよりもずっと早く街に戻れる。

あいつが街で何もせずに、ただのんびり俺たちの帰還を待つとも思えなかった。

そしてリゼの危惧は、現実のものとなった。

翌朝、早い時間に村を出たのにもかかわらず、女たちを運ぶ手間もあって、街の門に辿り着いた時にはすっかり夜中になってしまった。荷車を使えたものの、牛も馬もとっくにオークに食われてしまっていたので、みんなで引っ張らなければならなかったからだ。

そして門に着いた時、門番は俺たちを見てこう言った。

「領主様から、ギルドの人間は通行を許可するなと言われてまして……」

ああ、やっぱりか。彼らも兵士、雇用主はあの領主だ。とはいえこんな風に見知った人間たちを締め出すのは何かがおかしいと思っているのは間違いないようで、彼らは申し訳なさそうだったり、困惑したような表情をしている。

「一体どうした？　何故急に？」

「実は今朝方、領主様が戻られた際に、ギルドの冒険者たちが反乱を起こし殺されかけた、と訴えられまして……。それであなた方を、誰一人通すな、と」

「バカな。信じたのか？」

「我々の質問にはお答えになられず、そのままご自身のお屋敷へ戻られましたので……もちろん、にわかには信じられないとは思うのですが、一応命令ですので」

咄嗟に嘘の説明をすることもできなかったらしい。そこまで頭が回る人間にも思えないし、当然だろうけど。

ガルドスはやれやれと呆れながら、本当のことを説明した。ついでにオーク騒動の原因が領主自身の欲望によるものだというのも。

「オークに手酷く扱われた女がたくさんいる。早いところちゃんとした施設で保護しなきゃいけない。わかるだろう？」

門番たちも困り果てているようだ。彼らとて、良心は失っていないだろうからな。

そこに、悪事の片棒を担いでいたと告白した、あの兵士が進み出た。

「ガルドスさんの言ってることは全部本当だ。あの領主は……人でなしだ。あんな奴の命令、聞くことはない。頼む、ここを開けてくれ」

同僚にもそう言われ、門番は折れたようだった。

「後は任せてくれ。必ず、お前さんたちが不利益にならないようにするから」

ガルドスさんや、他のみんなもそんな風に声を掛けたことで、門番は命令違反をしたことへの罪悪感は和らいだらしい。

「そういえば、レオナさんって騎士はここ通りました？」

リゼだけは別のことを尋ねた。そういえばあいつもここを通ってるはずだ。

「あの方なら、今日の昼頃に通った。夜通し歩いてきたみたいな様子だった。よほど疲れているのか何か訊いても、『ああ』とか『そうだ』としか答えなかった」

「そうですか……ありがとうございました」

やることは山積みだけど、とりあえずは夜も遅い。この日はギルドの計らいで、参加した冒険者たちには宿が用意された。

そして翌昼。ガルドスに招集されてギルドに来た俺たちは、カイをまとめ役として、現状の説明を受けた。

「領主は今、屋敷に引きこもっている。ギルドの冒険者が街に戻ったことも知って、即時の営業停止を求める通達も出してきたそうだ。当然、それは突っぱねられたがな」

集まった冒険者を前にカイがわかりやすく説明してくれる。彼はこの街に住民として根付いているわけではないが、なんだかんだで実力を見込まれたこともあって、こうした役に抜擢されたのだそうだ。

ギルドは今、事件の後処理に追われている。後処理とは、村の死体の処理や埋葬。あるいは保護した女たちの世話。そしてそれらの身元確認。それから、国に対する今回の件の報告などだ。国家機関であるギルドであっても領内の犯罪行為の報告なんてものは業務の範疇外だそうだが、今回は別なのだという。

何せ、通常は領主が判断して取り締まるのだから、今回の被疑者である領主自身を告発しようと思ったら、他の誰かがやらなければならない。というか、ここの領主はそういった業務も普段から丸投げしていたらしい。幸いにして、そのおかげでてんやわんやという風にはなっていなかった。

領主は宿屋や商店といった街のいくつかの施設にも、ギルドに登録した冒険者の利用に対する圧力を掛けていた。が、住民たちはギルドを信じ、そうした圧力に屈しないでいてくれているらしい。日頃の行いの差だな。

そうしてわめいた末に籠城とは、まったく救えない奴だ。本来ならギルドと領主は健全な協力関係にあるはずなのに、そのギルドから刺されようとしているのだから、恐れるのも当然と言えるけど。

「引きこもり……言うなれば籠城みたいなもんだが、屋敷は城のような防御機構を持っているわけではないただの大きな家だ。警護の兵士たちもそんなに多いわけじゃないし、士気も低い。正直なところ、放っておいてもいい問題だと思う。そのうち国から役人と軍が派遣されてきて、解決してくれるはず」

大した問題ではないと言う割に、カイの表情は優れない。

「国の人間が来てもあの領主が降伏するとは思えない。勝てない戦いとわかっていても全力で抵抗するだろう。そして軍は容赦なくそれを制圧しようとする。最悪の場合は、戦う気のない兵士たちでも関係なく殺して、首謀者である領主を捕まえる。……別に領主がどうなろうが知ったことではない。でも」

「罪もない兵士たちは助けたい、か？」

俺の問い掛けに、カイが頷いた。彼が動く動機は、人助けだ。

俺たちは今回の件で、良心と職責の間で揺れ動いている人を何人も見た。できることなら助けたいというのは同感だ。

「もちろんそんなことは俺たちの仕事じゃない。ギルドの仕事も放置していいわけじゃないし、人手不足は深刻だから、今回の件にあまり人手を割けるわけじゃないけれど……俺たちで領主を捕まえよう。国の人間が来る前に」

カイの提案に俺たちは頷く。人助けは気分がいい。それに、あのクズには俺たちで引導を渡したい気分だ。

決行は早い方がいい。国の人員が来るまで時間は掛かるだろうけど、このままあの領主が黙っているとも思えないから、のんびりもしてられない。

今日作戦を立てて、明日の昼に決行。そういうところまでは決まった。後はどう攻めるかだ。

全体の方針としては、兵士たちや使用人のうち、説得に応じる相手は説得して連れ出す。応じない相手は殺さないようにして、無力化するということに決まった。

「騎士さん……レオナリアが屋敷に入ってくのが街の人に目撃されてる。奴は迷っているが、それでも騎士の誓いによって領主を見捨てることはないだろう。実際のところ彼女が一番の強敵だ」

レオナリアとの戦いを避けるのはほぼ不可能だろう。

しかも彼女は一般の兵士とは一線を画す実力を持っているらしいし、俺の魔法があれば倒せたとしても、殺さず捕まえる方が難しいかもしれない。

それは誰にでも言えることだ。領主はともかく、鍛えた人間が本気で抵抗するのを、なるべく傷付けずに捕縛するのは、ただ殺してしまうよりずっと難しい。そんな兵士がいるかはわからないけど、忠誠心が高いせいで説得の間もなく襲ってこられたりするかもしれないし。

そして、領主の制圧作戦に割ける人間はあまり多くない。さてどうすれば……。

「魔法で眠らせちゃえばいいんじゃないかな？」

リゼがまたも呑気に言って、みんなの視線を集める。それに戸惑いながらもリゼは続ける。

「こっちに向かってくる敵はスリープの魔法でえいって眠らせればいいんだよ。で、眠ってる間に縛って動けなくする」

「確かにそういう魔法があるのは知ってるが……火を飛ばすよりはずっと難しいって聞くぞ？　できるのか？」

カイが尋ねる。それからギルドの別の魔法使いに目を向けた。その魔法使いも、できなくはないけれど確実に何度も使うのは無理という返答。

けれどリゼは自信満々だ。

「大丈夫大丈夫。わたしとコータならできる。任せてよ」

正確には俺一人の力なんだけどな。というかやり方知らないんだけど。

結局、それ以上考えてもいい案は出なかった。

というわけでリゼの（正確には俺の）実力に頼ることとなり、各人動き方を決めて、その場はお開きとなったのであった。

屋敷に押し入るのは明日の昼と決まった。

宿の部屋に戻り、俺とリゼはフィアナにベッドで仰向けに寝転んでもらった。

「よーし、じゃあ始めよっか。フィアナちゃん、今は眠くないよね？」

「眠くはないですけど……なんでわたしで練習なんですか？」

「他に頼める人がいないからねー」

訳のわからない魔法の実験台にされるフィアナの抗議はもっともだけど、まあ確かに、他に頼める相手もいない。

「でもいいのか？　体に害とかは」

「眠るだけだから大丈夫だよー。むしろぐっすり寝られて体にいいかも。まあ数時間は目覚めないけど」

「怖いんですけど」

「確かに怖いな。俺だって初めてこの魔法使うんだぞ」

「大丈夫大丈夫。わたしを信じて」

「信じているのはコータさんの力で、リゼさんじゃないです」

「ううっ。酷い……。と、とにかくやるよ！　基本的にはファイヤーボールとかと同じ。ただし炎を集めたりはしない。集めるものがないからね。代わりに相手の意識を想像する。目の前の相手の意識を遠のかせることを考えて、それから詠唱。——汝《なんじ》にやすらぎを。深淵に身を委ねよ。スリープ」

唱えながらフィアナに両手を向けたリゼ。フィアナに全く変化はない。

「やっぱりリゼさんじゃダメですね」

「そ、そんなことないもん！　ちょっと失敗しただけだから！　よし、じゃあコータやってよ」

「わかった……」

フィアナをよく見て、そして彼女が眠る姿を想像する。そして。

「汝にやすらぎを。深淵に身を委ねよ。スリープ……」

その瞬間、フィアナは目を閉じた。それから微かな寝息が聞こえる。

「おお。これは成功かな」

「やったね！　これで明日も、襲ってくる相手を片っ端から眠らせられる」

「でもギルドの魔法使いはあんまり何度も使えないって言ってたぞ？」

「体力的な問題だろうね。相手の精神を直接操る魔法だから、魔力の消費も激しいんだ。でもコータなら大丈夫じゃないかな？」

「そんなものかな……」

とはいえ、いざという時に使えないのも困る。数時間眠らせたままというのも悪い気がするし、必要ない場面では使わないのも手か。

☆☆☆

そして夜は明けて朝が来た。スリープのおかげでいつもよりもよく眠れたというフィアナ含めて、準備は万全だった。ギルドの建物にてカイたちと合流する。

領主の館には少数精鋭で踏み込む。

メンバーは俺とリゼ、フィアナ、カイ、ユーリだ。後は兵士たち数人に、領主が逃げ出した時のための捕縛役として窓や扉を見張ってもらっている。

彼らはオーク討伐に参加した者や、昨日の昼に「もうすぐ役人が来て領主を逮捕する。その時に従っていたらお前たちも同罪にされるぞ」と脅しを含んだ言葉で説得してこちらへ付いてもらった。

誰一人屋敷から出さないという意思表示なのか、領主の屋敷だというのに門には見張りすら立っていない。食料を長期間分買い込んだらしいから、使用人が出てくることもない。

扉を開ける手段は考えている。

変身したユーリのパワーで破ってもらう案もあったが、それは危険なので最終手段にした。

で、選ばれた案は。

「というわけで、わたしがなんとかします」

魔女のローブを羽織り、何故かフードを目深に被って顔がよく見えないようにしたリゼが宣言する。何か考えがあるらしいので、一応任せてみよう。

リゼは自信満々という様子で屋敷の入り口に近付いていく。

「こんにちは。わたしは旅の魔女。この街の支配者様の家はここでしょうか」

いつものバカっぽい明るさとは打って変わって、真面目そうな口調で屋敷の中に声を掛ける。フードで顔を隠しているのも合わせて、別人を演じているんだと思う。

でもこんなので上手くいくのだろうか。

「支配者様にお目通り願えますでしょうか。今すぐ大金を儲《もう》ける術をお見せしたいのですが」

胡散臭い、というよりは訪問するタイプの詐欺の誘い文句にしか聞こえない。

恐らくリゼは、領主の守銭奴な一面を狙っているのだろう。

少しの沈黙の後、門扉が微かに開いて二人の兵士が顔を覗かせた。煩わしそうな様子から、領主に様子を見てこいと命令でもされたに違いない。

「なんだお前は。今はそれどころじゃない。儲け話ってのが胡散臭いものならすぐに立ち去るよう、領主様は言っている」

ぶっきらぼうな言い方をする兵士。

こんな非常事態でも、儲け話の真偽を確かめろという意思を匂わせる辺りに領主の欲深さが表れている。そしてここからがリゼの腕の見せどころ。

「もちろんです。間違いなく大儲けできる魔術を編み出したので、その土地その土地の権力者にお会いして協力を申し出ながら旅をしているのです。とりあえずこれを見てください」

そう言いながら手のひらに銅貨を一枚乗せる。なんの変哲もない、どこにでもある貨幣。

「魔法を使えば何もない所から火や水を生み出せます。ということは、何もない所から物質……例えば黄金を生み出すことだってできるのでは。そう考えたことはありませんか？　残念ながらそれは簡単ではなく、実現させた魔法使いはこれまでいないそうです」

リゼは手に銅貨を乗せたまま、パンと手を合わせた。手の中で兵士からは銅貨が見えない。

「銅貨よ、黄金に変われ……」

それだけ唱えてから手を離す。銅貨が金貨に変わっていた。

単純な手品なんだけど、魔法使いの格好をした人間が堂々と魔法と言い張ってやるものだから、兵士たちは信じてしまいそうになっている。

そこに駄目押しで説明を重ねる。

「無から有を生み出し定着させるのは難しくても、既にある別の金属を金に変えることはできると気がつきました。それも簡単な魔法で。……この金貨は差し上げますよ」

どちらに渡そうかと迷う素振りを見せる。金貨一枚といえばそれなりの大金であり、二人いる兵士はどちらが受け取れるのかと顔を見合わせた。そしてリゼの方へ向き直った時には……、

「まあ、どっちも受け取れなさそうですけど」

フィアナが片方の兵士の首目掛けて矢を向け、カイはもう片方の兵士に剣を突きつけていた。

視線の誘導は手品の基本だ。金貨に目を取られていた兵士はその隙に迫ってくるフィアナたちに

気がつかなかった。

「殺したくないので降参してください。あちらにお仲間の兵士さんがいるのであっちに行ってください」

兵士の腰から剣を取り上げて無力化しながらリゼが言う。この二人の説得は仲間の兵士に任せよう。俺たちはそのまま、開いた扉から中に踏み込む。

見たところ屋敷の中に人の気配はなかった。どこかに隠れているのだろう。

「領主は上の階の自室に隠れているだろうということだ。とりあえずそこを目指すぞ」

協力してくれた兵士から聞いた情報を頼りに、カイは目標を示した。

あの男のことだ、どんな予想外の行動を取るかわからないから、注意しなければ。

「レオナリアについてはわからない。自分の部屋は持っているらしいが、こういう状況で部屋に引きこもるということはないだろう」

どこかに潜んでいて、こっちに襲い掛かる可能性が高いということか。

屋敷は広いが、侵入者対策に重点が置かれて設計されているわけではないだろうから、罠が張られている心配はないだろう。物陰の敵だけ警戒して進む。

「スリープ！」

曲がり角から飛び出してきた兵士を俺が眠らせる。咄嗟にやったことだが、詠唱はほとんど省略して頭の中で唱えるだけでも成功した。

「すごいな。本当に眠ってる」

「多少揺すったぐらいじゃ起きないよ。数時間は眠ったままだから、この人はこのままにしておいていいよ」

リゼは得意げにそう言った。しかし、魔法を掛けたのは俺なのに、カイやユーリから見ればリゼのおかげに見えるってのはどうしたものかな。別にいいんだけどさ。

そのまま階段を上がって二階に。ここまで、さっきの兵士以外には誰も出くわさなかった。使用人のような非戦闘員はどこかに隠れて荒事に巻き込まれないようにしてるんだと思う。

他の兵士は……同じように戦うのは御免だと考えて隠れているのかもしれない。あるいは、「待ち伏せしてるとか、かな？」

俺たちが屋敷に入ってきたというのは向こうもわかっているだろう。さっき玄関で兵士を二人捕まえたのは、屋敷の中からでも見えたはずだ。となると、基本的には逃げるか迎え撃つかのどちらかを選択することになる。

領主はなんとなく逃げることを選ぶと思う。けれど、最早《もはや》この街に彼の居場所はない。領主の悪行は知れ渡っていて味方はいないし、たぶん街から抜け出すことすら難しい。門番すら味方ではないのだから。

実質的に詰んでいる状況で少しでも延命を試みるなら、戦って相手を殺して死中に活を見出すとかそういう方針になるだろう。

「窮鼠《きゅうそ》猫を噛む、か」

「え？　コータ、何か言った？」

「大したことではないけど……あいつも追い詰められてるから、抵抗するとしたら必死になるだろうなと思って」

「本気で俺たちを殺しに掛かると？」

カイが少しだけ緊張した面持ちで尋ねる。もし兵士もその方針に従うのなら、戦いは避けられないものとなる。

それでも、こちらに退くという選択肢はない。

そのまま先に進むと、領主の部屋へあっさり到着してしまった。

中から音は聞こえない。仮に人がいたとしても息を潜めているだろう。

両開きの引き戸にフィアナとユーリが手を掛け、各々構える。カイは剣を抜き、俺もリゼの肩の上で集中。そして二人が一気に扉を開け放った。

「掛かれ！」

瞬間、部屋の中から声がした。領主の声だ。それと同時に、中に潜んでいた兵士が一斉にこちらに向かってくる。既に剣を抜いて臨戦態勢に入っている。

「スリープ！」

咄嗟に発動したスリープで先頭にいた兵士が一人、眠りに落ちた。それにつまずいて後続の兵士の動きが鈍る。

――汝にやすらぎを。深淵に身を委ねよ。スリープ。

今度は少し落ち着いて頭の中で詠唱。三人まとめて一気に眠らせる。

しかしすぐに次が来る。もう一度スリープを放とうとした瞬間、他とは違う素早さで接近してきた影がリゼ目掛けて剣を振り下ろしてきた。

やばい、と思った瞬間、俺の前にカイが躍り出て、敵の迷いのない一撃を剣で受け止めた。

「っ！　さすが、騎士さんは強いな。できれば戦いたくない」

「戦いは避けたいのは私も同じだ。だが領主様をお守りしなければならない！　騎士として！」

その一撃はレオナリアのものだった。カイとレオナリアは、剣を交差し押し合いながら睨み合う。

少しの競り合いの後、お互いに飛び退き、また斬り結ぶ。実力は拮抗《きっこう》しているようで、互いに一歩も譲らない。

お互い本気で殺し合わなければ決着が付かないように見える。しかもどちらかといえばレオナリアの方が押していて、隙あらばカイを斬ろうとしているようだ。

カイの援護をしようとした俺たちに、他の兵士が一斉に襲い掛かってきた。すかさず彼らをスリープで眠らせるが、なかなかカイの援護に回れない。

「領主様！　今のうちにお逃げください！」

レオナリアが剣を振りながら叫ぶ。

そうだ、肝心の領主はどこに？　見回すと、俺たちが入ってきた扉の方に何者かが走っていくのが見えた。

領主かと思ったが、その人物は痩せていた。ついでに言えば武装してないため、兵士でもない。

「領主の息子です！　待って！」

フィアナが叫びながらその人物の前に立ちふさがる。息子か。そういえばそんなのもいた。こいつも今までずっと隠れてたのか。

フィアナは息子に向けて思いきり弓を引き、躊躇《ちゅうちょ》せずに射る。

「ヒッ!?」

息子が腰を抜かした。当然だが最初から威嚇《いかく》のつもりだったらしく、矢は当たらず息子の頭上を越えて天井に刺さった。

「動かないでください。手荒なことはしたくないので」

弓を下ろして今度はナイフを突きつける。動けばすぐに刺せるぞと言うような脅しに、息子は屈してしまったようだ。

「あなたとあなたの父親には、わたしたちのような庶民は散々な目に遭わされているんです……お父さんもお母さんも、村長さんも苦労して……。動いちゃダメですよ、うっかり手元が狂ってしまうかもしれませんから」

軽く自分の倍は生きているであろう領主の息子相手に、フィアナは本気の怒りがこもった声で言った。すっかり怯えた息子は失禁し、動けなくなったようだ。

よし、この男の確保はフィアナに任せておこう。だが、肝心の領主はどこに?

乱戦の中で、兵士を眠らせながら領主を探す。

カイの死角から迫る兵士は、ユーリが素手で殴り倒して気絶させていた。あいつ、変身しなくても強いんだな。

レオナリアも眠らせようとした時、外から声がした。

「領主が逃げるぞ!!」

声のした方には開け放たれた窓。そしてロープが近くの柱に縛られている。しまった！

窓から下を見ると、玄関を見張っていた兵士が俺たちのいるやや下を指差して叫んでいた。

下を見ると、領主がロープにぶら下がっていた。

やけにもたついているのは、日頃の不摂生が祟《たた》った結果だろう。ずりずりと、ゆっくりずり落ちていくことしかできないようだ。

もし跳ばれたら厄介だ。急いで引き上げなければならない。

「おい待てこら！　逃げるな！」

とりあえず上から声を掛けて牽制する。それだけだが、領主は怯えたようにこちらを見つめて動きを止めた。よし、次は……。

「引っ張り上げるにしても俺とリゼだけじゃ無理があるよな。力持ちになる魔法とかないのか？」

「ないわけじゃないけど……それより、眠らせて下に落とした方が早くない？」

「頭から落ちでもしたらあいつ死ぬぞ」

もういっそ殺してしまった方が色々簡単に解決するとも思ったが、さすがにそれはやめておきたい。気持ちはみんな同じだろうけど。

「僕に任せて」

と、ユーリがいつの間にか隣に立っていた。そしてロープを脱ぎ、窓から身を乗り出して、躊躇なく飛び降りた。空中で狼に変化しながら四本の足で見事に着地。頭上の領主に向けて吠える。

「ガウッ！　ガウッ！」

ユーリの性格を知る俺たちはともかく、いきなり現れた巨大な狼に吠えられた領主は恐怖をあらわにした。情けない悲鳴を上げながら、必死にロープを登ろうとする。

だが、筋力不足で登れないようだ。

「炎よ集えー」

だめ押しにリゼが魔法を使おうとしてる。ロクに集まらない炎だが、それで領主にとっての文字通りの命綱であるロープを焼き切ろうとしている。

もちろんリゼの魔法で、ロープが燃えるだけの炎なんてすぐには集まるはずもないのだけど、領主はリゼを実力のある魔女だと思っている。きっと今も、わざと時間を掛けてゆっくり自分を追い詰めているように見えているのだろう。

リゼはもしかすると本気で領主を下に落とすつもりなのかもしれないが、結果としてかなり性格の悪い行動になってしまっている。領主はリゼを見て、さらに大きな悲鳴を上げた。よし、いい気味だ、ざまあみろ。

同情はできないが哀れな支配者は、上に邪悪な魔女、下に大狼という絶体絶命の危機に陥った結果、気を失った。その状態でロープに掴まっていられるはずもなく、重力に従って地面に落下する。

地面にぶつかる前にユーリの背中で受け止められた。たぶん、死んだということはないだろう。

「あー！　ユーリくんのモフモフ羨ましい！　よしコータ！　わたしたちも跳ぶよ！　待ってて

「ユーリくん！」

「おいやめろ。マジでやめろ！」

リゼを制止するのにも相当に苦労させられた。これで、領主は無事に捕まえられたわけだ。

残る敵は……。

「おい！　どうやら領主様は捕まったみたいだぞ！　お前も剣を下ろせ」

「断る！　お前たちを蹴散らし、領主様をお救いする！」

「そうかよ！」

互いに一歩も譲らない戦い。レオナリアが振った剣を、カイはギリギリで身を引いて回避。レオナリアはさらに追撃しに掛かる。使っている剣はレオナリアの方が大きいのに、動きは両者さほど変わらないように見える。それだけ。レオナリアの方が実力は上ということだろう。

もしかするとカイは押し切られて負けるかもしれない。そう考えてスリープを発動しようとした。

だが、その前に勝負が決まった。

後退を続けていたカイは、上等そうな家具のある場所にまで追い詰められた。

テーブルと椅子に阻まれ、これ以上後退できないと思われたその時、椅子を片手で掴んでレオナリアを殴りつける。

鈍器の如きそれをレオナリアは剣で受け止め、その隙にカイが剣でレオナリアを突く。レオナリアは後退するも、そこへカイが踏み込んで彼女の胴を思いきり蹴った。

重い鎧を着たレオナリアは起きるのに手間が掛かり、その間にカイは彼女の喉に剣を突きつけた。

「騎士の戦いで……椅子を振り回すなど……」

「騎士道に反する？　これが冒険者の戦いです」

苦々しげなレオナリアと涼しい顔のカイ。

レオナリアもこれまでと悟ったのかそれ以上の抵抗はしなかった。こうして、戦いは終わった。

とりあえずロープで縛るも、抵抗も反論もしなかった。素直に負けを認める潔さ、ということだろうか。騎士の、いや彼女の気質なのかもしれない。

あるいは、彼女自身も望んでいたのだろう。誰かが領主の暴虐を、止めてくれるのを。

☆☆☆

報告を受けたガルドスは、笑顔で俺たちを褒め称《たた》えてくれた。

領主を連行する際、街の住民たちも俺たちの活躍に称賛を送ってくれる。

中には領主へ暴言を吐く者もいて、どれだけ嫌われていたのか浮き彫りになるようだった。自業自得とはいえ、哀れな男だ。

領主親子の身柄は、役人に引き渡すまでギルドで預かることになった。レオナリアは全てが完了してから解放される予定だ。

さすがに、今の彼女が連行される領主を命懸けで助けようと暴れたりすることは、ないと思いたいが。

屋敷にいた兵士たちや隠れていた使用人たちは、一応意思を尋ねてからそのまま解放する。恐らくは、領主に忠誠を誓って彼の解放を求めるという人間はいないだろう。

元々領主に雇われていただけの彼らにそんな心掛けはないと思う。今回の件で職を失うこととなったが、ガルドスはギルドの伝手《つて》も使い、彼らに働き口を斡旋するために動くそうだ。

そういえば領地は誰が治めることになるのだろうか。気になってガルドスに訊いてみると、新しい領主が派遣されてくるだろうとのことだった。

この領を含んだいくつかの領から構成される、もう一つ上の行政区分である郡《ぐん》の長が新しい人材を選んで、領主に任命するらしい。

そこのシステムはよくわからないが、今度の領主がいい人であるのを願うばかりだ。

翌日。

ギルドによる捜査が始まった。

こうした地方領の犯罪を取り締まるのはその領の領主、もしくはギルドだ。国の司法機関は、基本的に地方領には介入しないのだという。よって、ギルドが全面的に捜査を行うこととなる。

オークの集落を作らされた兵士たちは、ギルドの捜査にはすんなりと協力してくれた。証言も正確で、誰も嘘や言い逃れはしようとしない。

みんな、脅されて仕方なく加担したらしい。オークを買ったという商人の情報も出たが、誰もその素性を知らなかった。

「化け物を扱う商人か……俺は聞いたことがないな。まず、需要がない。王都なんかにある研究所ならオークの需要もあるだろうが、そんな奴らはたいてい、自分たちで捕獲する術を持っているからな」

カイですら、その詳細は知らないらしい。

もしかすれば、今回のように非合法な使用方法を想定する、裏の商人がいるのかもしれない。いずれにせよ、今はまだ誰も真実がわからないのだ。

領主は全く口を割ろうとしなかった。どれだけ脅されても、柳に風といった様子で素知らぬ顔をしている。

驚くべきことに、この期に及んでまだ、俺たち庶民と支配者階級である自分との立場の違いを盾にするつもりらしい。

仕方がない。これ以上は国からの人間が到着するのを待つしかないようだ。

いずれにせよ他の証拠はだいたい揃っているから、この領主が罪に問われて罰を受けるのは間違いない。

ほぼ間違いなく死罪だろうとみんなが言っている。

壊滅した村に関しては、これからどうするかは決まっていない。放っておけば狼などの獣が棲《す》み着くから、これも対処をしなければならない。

生き残った少数の村人が住むには広すぎるし、生活を立て直すまで時間だって掛かる。

いずれ、他の村や街の住民たちに呼び掛けて移住してもらうことになるだろうが、それまでは元の村には戻れそうにない。

「連絡が来た。明日には役人が来る。あいつらにとっても前例がない事件なんで、手間取っているらしいな」

夜、酒場で食事をしていた冒険者たちの前にガルドスが現れてそう言った。

酒場の中でやや嬉しそうな声が上がる。捜査協力という慣れない仕事は気苦労も多く、それが報《むく》われるのを喜んでいる者も多そうだ。

俺はガルドスに言った。

「ガルドスさん。一つお願いがあるのですが。領主に少しだけ会わせてもらえますか？　俺とリゼと領主の三人だけで」

ふと思い出したことがあった。

あの男が明日には国に引き渡されるならばチャンスは今だけだ。

ガルドスは少し悩んだ素振りを見せたが、今回の件の功労者である俺たちの頼みならと許可してくれた。

☆☆☆

領主の屋敷の地下にある牢屋。そこに元領主は監禁されていた。会話するだけだから鉄格子越しでも問題はない。牢の外に立つリゼの肩から声を掛ける。

「リーゼロッテ・クンツェンドルフという名前に心当たりはあるか？」

俺の声に元領主は顔を上げた。その目は怒りなのか恨みなのか、濁ったように見える。相変わらずだんまりか。もう少し続ける。

「今回のオーク騒ぎには関係ない。個人的に気になったことだ。お前の所に誰かからの使いが来て、リーゼロッテという魔法が使えない魔女を探すように要請しただろ?」

フィアナのいた村でも領主の命でリーゼロッテ探しが行われていた。こいつなら真相を知っているだろう。

「誰から頼まれたか、それだけ教えてくれ。教えてくれたら、すぐに立ち去る。……明日には国から人が来てお前をここから連れていくだろう。この街で過ごす最後の時間だ。それを邪魔したくはない」

「……そんなこともあったか。お前のような使い魔が、何故そんなことを知りたがるかは知らないが……。私の所に来たのは、その名字の人間の使いだよ。クンツェンドルフの家は、家名を騙《かた》る不届き者を探しているのだ。珍しいことじゃない。金持ちの家の名を騙って悪事を働く輩《やから》はたまにいるし、金持ちは名誉を守るために、人と金をあちこちにばらまいてそんな奴らを探すものだ」

なんとなくずっと引っ掛かっていたことが、すとんと腑《ふ》に落ちた。

リゼの家がリゼを探すのは、家の恥たる無能な娘を野放しにしないため。だったら無能な娘がいますよと喧伝《けんでん》しながら探すのはおかしいと思っていたが……。

リーゼロッテ・クンツェンドルフとは、クンツェンドルフの家の名を騙って悪事を働く不届き者。そういう名目で捜索をしているらしい。

そういうことならわかりやすい。連れ戻せばリゼはいないことにされるのだから、後で追求される恐れもない。

「そうか。家からの使いだけか？　他には誰もいなかったか？」

「それだけだ」

「……わかった。ありがとう。行くぞ、リゼ」

リゼ。リーゼロッテのことを気にしている使い魔の持ち主。その名前を聞いた途端、元領主は少し表情を変えたように見えた。けれどすぐに戻る。今の彼にはどうでもいいことだ。

牢から離れた後、リゼはぽつりと呟《つぶや》いた。

「やっぱりお父さんが探してるのかな」

「そりゃな。お前を放っておいたら何するかわからないから」

「えへへ……」

「なんで嬉しそうなんだよおい」

「だってさ。わたしが旅に出るって決めたからコータと出会えたわけだし。それにフィアナちゃんの村を助けられたし、悪い領主を捕まえられた。こうして旅をすることは悪くないかなって」

「貴重な魔導書を盗んだ結果だがな」

「でも、良いこともあったよねー？」

リゼは痛い所を突かれた、と言うようにとぼけた表情を作った。

まあ、リゼの言う通り、それで多くの人を助けられたし、領全体を正しい方向に導けたと考えれば悪い気はしないけど。

「にしても、追っ手は家族だけか。魔導書泥棒の被害者とかも探してると思ってたんだけど」

「あんまり怒ってないとかじゃない？　きっと許してくれる、いい人なんだよ」

「お前、嫌な奴だから盗んだって言ってたよな……」

「そーだっけ？　忘れちゃったー」

俺の指摘に、リゼはまたもごまかすようなことを言った。

まったく、うちのご主人様も、人のことが言えないくらいの悪党じゃないか？

俺が付いていてやらないと、こりゃこの先何をするかわかったもんじゃないな。

☆☆☆

魔導書とお小遣い盗難の犯人であるリゼが、地方領で事件を解決していたその頃。

王立イエガン魔法学園の寮の自室で、ファラ・ニベレットは頭を抱えていた。

魔導書を返しなさいという父の手紙が来てから数日。問題なく返すと返事を出したはいいが、肝心の魔導書が見つからない。

盗まれたのは間違いないだろう。だが、誰なのかはわからない。学校の知り合いの中で心当たりを探ってみたが、手応えはなかった。

そして今、再び父から手紙が来た。

なんとその手紙には、「今度、そっちまで直接返してもらいに行く」などと書いてあったのだ。

相当にまずいことになっている。しかしファラにはどうすることもできなかった。

頭を抱えて唸るファラ。だが、彼女は気づかなかった。

自分が最初に除外した可能性こそが、紛れもない正解なのである、と……。

第四章

咆哮が森の中に響き、空気を震わせる。

狼たちはこれを、明らかに自分の群れの者ではない個体が縄張りに侵入した挙げ句に、自己の存在を不敵にも知らせる挑発行為と受け取った。なのでお返しとばかりに吠える。

しかし、侵入者の咆哮に比べれば、それは小さいものだった。

「いいぞユーリ。そのまま引きつけろ」

森の木々の陰に隠れながら様子を窺うカイ。

狼の群れの縄張りの中で、狼形態に変化しているユーリは何度も声を上げる。

こうやってユーリが目立つことで、狼は隠れている俺たちには気づかないというわけだ。

狼が続々と集まってきている。その数七匹。全員がユーリよりもずっと小さく、数が多いことを除けば警戒するような敵ではない。そしてその数の多さも、俺たちにとっては大した問題ではない。

敵を十分に引きつけてから、カイがこちらに向けてサインを出す。同時にリゼが木の陰から出てきて詠唱。まあ実際に魔法を出すのは俺なんだけど……。

数百本の炎の矢が真っ直ぐに狼たちに飛んでいって体を貫く。すかさずフィアナも出てきて討ち漏らした狼がいればこれらを射るつもりだったが、今回はその必要はなかったようだ。全員が今の一撃で絶命したらしい。

念のために一体ずつ確実に仕留めたかを確認しながら、討伐証明ということでナイフで狼の鼻を切り取っていく。これで、依頼は完了だ。

国から役人とか軍隊が来て、領主とその息子の身柄を引き取ってから十日が経った。

領主の屋敷を制圧するための軍は、自分たちが不要とわかったらすぐに帰ってしまい、役人たちも領主の取り調べは彼らの施設で行うということで速やかに撤収していった。

そのうち数人だけ街に残って、領主の屋敷を調べたり領内の住民に聞き込みを続けているが、それももう少ししたら帰るらしい。

新しい領主も着任した。隣の領の領主の甥とのことだ。

二十代半ばほどで権力者になるには若いが、任されるだけの能力はあるということだろう。人の良さそうな外見に違《たが》わず、領民の話をよく聴き正しい方向に領地を導いていくタイプの良い人間であるようだ。今のところ、領民からの評価は高い。

死んだ村人や冒険者たちの弔いも終わった。壊滅した村は、生き残りの村人たちが主導で復興させていくことになった。道のりは長いが、新しい領主は全面的な支援を約束したし、なんとかなるとは思う。

オークに陵辱されていた女たちはまだ立ち直れていない。可能な限り身元を確認して、親族が見つかればその家に引き取らせた。見つからない者たちは新しい領主が責任を持って屋敷で世話すると言ってくれた。

元領主の妻だった女は、まさかのガルドスが引き取ると言った。それに関して彼の個人的な意思が働いていることは想像できたが、詳しくはわからない。悪意ではないことは確かだ。

たぶん、若い頃の恋心とかそういうものだろう。

騎士のレオナリアは旅に出た。領主が連れていかれた方向とは逆方向にだから、もうあの男との縁は断ち切ったということだろう。

上手く吹っ切れたのか、新しい仕官先を探しに行くと言っていた。

そして俺たちは……冒険者として、本来のギルドの仕事をする日々を送っていた。

住民の依頼を受けて仕事をこなすのだが、それは農地を荒らすウサギとか、人を襲う毒蛇の駆除とか平和なものだ。たまに、今日みたいに狼の群れの討伐だとか、ちょっと戦闘になるようなものもある。

一度、森の中にある湖に行きたいというお婆ちゃんと、その家族の付き添いなんかもやった。なんでもそのお婆ちゃんの若い頃の思い出が深い場所らしい。

その湖に遊びに行った際に狼に襲われて、その時助けてくれた若い狩人の男が、彼女の亡くなった夫になったとか。彼女が狼に襲われないようにする護衛任務というわけだ。

「それにしても、三日ぐらい前から急に狼討伐の依頼が増えた気がします」

その日の夜、酒場で食事をしながらフィアナがふと口にした。確かに狼退治は、あれば最優先で受けるという方針でやっているが、普通はなかなか来るものじゃない。それが昨日今日で一気に増えた気がする。

「たぶん、オークに追われた群れが戻ってきた。だから、近くに来る。殺さないといけない」

ユーリがパンを片手に疑問に答えた。なるほどそういうことか。

ちなみに、狼退治をしていく上でユーリにとっては狼狩りは同族殺しになるのでは、と一度訊いたことがあるが、

「狼とワーウルフは、全然違うもの。別に気にしない。というか、殺すべき」

と、そんな回答だった。

それよりも狼だ。元領主がオークの集落を作って勢力を拡大した際、オークよりも弱い狼は勝てずにそこから逃げなくてはいけなくなった。

縄張りを追われて新天地を探していたところ、そのオークがいなくなったので当然戻ってくるというわけだ。

オークの集落がなくなった後、人里に近いその立地は、次々にやってきた狼が新しい縄張りとして利用しているようだ。森の奥に逃げていた狼も、人里に近い方が餌が豊富で生きていきやすいと知っているようで、集まってきている。

「じゃあオークがいた間は、その他の村の近くに狼が追われて、その分村に被害が出たということですね。許せません……！」

フィアナの、若干私怨《しえん》を含ませた言い方。自分の村が狼に困っていた原因も、元を辿ればあの男によるものだとわかったのだ。そりゃ怒るというものか。

「そういえば一年ぐらい前にもここから少し離れた村が狼に襲われたって話を聞いたけど、これもオークのせいなのかな？」

リゼの問い。そういえばフィアナの村の村長がそんなことを言っていた。けれど、それはどうだろうとカイが否定する。

「その話は俺も聞いたけど……違う領のことらしいぞ。ここから西……なんだっけ。魔法学校を挟んで反対側にしばらく行った所。狼たちが移動するにしても、ちょっと遠いんじゃないかな？」

「そっか。じゃあそれは、単に狼の大群が来たってことなのかもね。オークとは関係なしに」

「それはそれで怖いけどな……」

村を一つ滅ぼすレベルの狼の大群ってどんなのだろう。確実に、あのオークの群れよりも多いんだよな。ちょっと対面したくない光景だ。

「よう。お前らちょっといいか？」

と、そこに声が掛かった。ガルドスだ。後で話したいことがあると言うので、俺たちは頷いた。

ギルドマスターからの頼みなら断る理由もない。

二十分ほど後、俺たちはギルドの応接室でガルドスと対面していた。前と同じように三人掛けソファに全員は座りきれず、ユーリは追加の椅子を持ってきてカイの隣に座る。

少しの沈黙の後、ガルドスは重い口を開いた。

「実は、この街からギルドが撤退することになるかもしれん」

ギルドが撤退する。つまり、この街からギルドがなくなるってこと。

リゼはかなり驚いた表情をしている。ぬいぐるみの俺は表情が出せないが、内心では驚いているし。そんな俺たちの様子を見て、ガルドスは気にするなとでも言う風に笑い飛ばす。

「別にいいじゃねえか！　お前たちは元々は別の土地から来た旅人だろ？　ここからギルドがなくなれば、別のギルドがある街に移ってそこで稼げばいい」

「いえ、そうは言いますけれど」

確かに俺たちは旅を目的としているし、ここに留まって狼を狩っているのもまとまった路銀を稼ぐためだ。

けれどギルドが街から消えるって大事な気がするのに、この人はなんで気楽そうなんだろう。

「まず、どうしてそんなことになったんですか？」

こういう時に冷静で居続けてくれるカイは本当に偉いし頼りになる。ガルドスは「そういやそれを話すのが先だった」と説明を始めてくれた。

元領主の男は、ギルドの設立によって領内の財政が良くなることを期待して誘致を行った。

ギルドが設置されるかどうかは、その地域に十分な人口があって依頼が一定数確保できるかどうかが判断基準の一つとなっている。

極端な例を言えば、山奥など、あまりに人里離れた小規模な集落には設置しても採算があまりにも取れなさすぎるから置かない、ということだ。国がやっている公共事業ではあるが、だからこそあまりにも赤字がかさむ場所にギルドばかり作ると、国庫が傾く可能性もある。

そしてギルドが置かれるか置かれないかの人口規模の境目は曖昧だし、他の要素もあるから決まっているわけではないが、とにかく人が多いに越したことはない。

元領主のあいつはどうやら、領内の人口をごまかして国に報告してたらしい。今回の調査で屋敷から改ざんの証拠が見つかった。そして、人口を水増ししてギルドが設置されやすくした。

あいつギルド設置の前から悪いこととしてたんだな。いや、あんなことする奴だし、数字の改ざんぐらい普通にやりそうなものか。

「そういうわけで、この街にギルドはそもそも存在するはずじゃなかったらしい。でもまあ置かれたものは仕方ないし、置かれてからはちゃんと住民からの依頼が来てそれを解決していった。冒険者もそれなりに集まった。機能はしていたんだ。……だが今回村が一つなくなって、領内の人口も冒険者の数もかなり減った。それでも少ないなりに仕事はできているが、やはり経営としては厳しい状況だ。しかもギルドで儲けたいがためにオークを放って村一つ滅ぼすなんてことが起こったら、国もこのギルドのことを重く考えなきゃならなくなるってもんだ」

元を辿れば全部あの野郎のせいというのは置いておいて……ギルドが撤退するべしという理由は一つではないのだろう。そして、それらは俺たちにはどうすることもできないことだ。

国がどんな判断を出すかの沙汰を、座して待つしかない。

「一応新しい領主様や俺からも働きかけてはいるんだが、いかんせん状況は厳しいな。……まあなんだ。さっきも言ったようにお前たちは旅人だ。いざとなればなんとかなるだろう。あまり気にすることはない」

「そうは言っても、ここにはこの領で生まれ育った冒険者もいるでしょう」

「ああ。俺もその一人だしな！」

「それは……ガルドスさんがこの街出身だったとは知りませんでしたけれど」

この前保護した元領主の元妻。若い頃、彼女に惚れていたって噂だし、ここの出身というのは本当なんだろう。

それはそれとして、割と深刻な状況だろうに彼は余裕そうだった。彼の性格によるものだけとは思えない。

「そういうわけで、できればギルドはこの街に残したい。そのためにお前たちに協力してほしいことがある。一つでかい依頼を受けてほしい」

これが本題か。打開策があるからこんなに余裕。勝算があるから、わざわざ俺たちにこんなことを話した。

断りづらくするためかもしれないけど、そういうことなら協力するしかないな。

「任せてください！　このギルドのためです！　できることならなんでもやりますよ！」

ほら、やっぱりこのバカも乗せられてしまった。立ち上がって目をキラッキラ輝かせるリゼに、俺はため息を吐く。

リゼ以外も、依頼というなら受けるということで意見は一致しているようだ。それを見てガルドスも満足げに頷いた。

「ではお前たちに頼もう。実は、依頼主は国の人間だ。国から依頼が来ている間はギルドはなくならないし、国に貢献したという実績もできる、というわけだ。よし、入ってくれ」

最後は俺たちにではなく、部屋の扉の向こう側にいる誰かへの呼び掛けだった。

「あいよー」

と、少々覇気のない返事と共に扉が開いて人が入ってくる。

二十代前半ぐらいの女。国から役人たちがやってきた中にこんな人もいたかもしれないな、程度の見覚えはある。

都市で生きている役人なだけあって、小綺麗な服装をしていた。長い髪はよく整えられていて輝いている。ボリュームのある胸元にも自然に目が行ってしまうのは許してほしい。

「お前らが冒険者たちか。若いが頼もしそうで何よりだ。あたしはシュリーナ・ヤラフニル……シュリーって呼んでくれ。学術院に勤める学者だ。専門は歴史学。よろしくな！」

一通りの挨拶をしながらカイに手を差し出す。たぶん俺たちの中で一番年上で頼り甲斐がありそうだから、リーダーだと判断されたのだろう。他がギルドの年齢制限ギリギリぐらいの子供とぬいぐるみ、もう一人はリゼだからな。正しい判断だ。

「どうやら学者先生には気に入られたようだな。よし、詳しい話はこの人から直接聞いてくれ。頼んだぞ」

挨拶に応じるカイとシェリーを見つめながらガルドスが言った。

☆☆☆

シェリーが酒でも飲みながら話そうと提案してきたため、さっき夕食を摂った酒場に戻る。その途中リゼに、シュリーの自己紹介に出てきた学術院とは何かと尋ねた。

学術院とは首都に設立されている、国内の教育機関と学問の追求に関する仕事をする役所のことだという。国家の発展の推進剤となる知の追求のため、多くの分野にわたる研究を行っている。たぶん、シュリーは研究を行う機関に勤める学者だろうというのがリゼの推測だ。

学術院のような役所は他に、都市圏における犯罪や地方の支配者の犯罪を取り締まる治安院や、裁判所関係の仕事をする司法院など、色々と首都に存在しているのだとか。

さすが首都育ち。よく知ってる。こういう常識を持っていると、すごい奴に見えるんだけどな。

とりあえず『院』とは、俺の世界でいう省庁にあたる存在なんだろうなと理解した。

「領主の起こした犯罪だから、ここに来るお役人さんは治安院の人のはずなんだよね。実際ほとんどがそうで、あとは司法院が何人か。でもなんで学者さんが来たんだろうね」

そこはリゼにとっても疑問なようだ。仕方がない、ここからはシュリーからの説明を聞くしかないな。

この世界の常識で俺が驚いたことの一つに、俺の元いた世界なら未成年として扱われるような年齢でも、普通にアルコールを飲むというのがある。

普通の水は飲用には向かないとのことで、薄いビールみたいな物や薄いワインを水の感覚で飲んでいた。水の代わりだから酔っ払うための嗜好《しこう》品としての酒とは、また別の感覚なのだろう。

もちろん、俺の感覚でいう酒を飲むことを好む人間がこの世界にもいるわけで。

シュリーもそういう人のようだ。

「人の作った偉大な発明は多くあれど、酒を発明した奴が一番偉いな、うん！」

何杯目かの蜂蜜酒を呷《あお》りながらシュリーが言った。この学者さん、よほど酒が好きなようで、さっきからその話しかしてない。そろそろ、依頼したいという内容について教えてほしいのだけど。

そう急かすと、何食わぬ顔で酒臭い息を吐きかけてきた。

「まあまあ。そう固いこと言わずに。奢ってやるから若者たちももっと飲みたまえ」

「い、いえ。もう大丈夫です。……コータも飲む？」

「俺は飲めないってこと知ってるだろ……？」

酒なんか吸ったって重くなるだけだ。

シュリーは特にリゼのことが気に入ったのかグイグイと来る。さすがにリゼも引き気味で俺に助けを求めるように話を振るけど、あいにく俺も酔っ払いの相手なんてしたくない。酒も飲めないし。

ところがシュリーは素っ気ない返事をした俺まで気に入ってるようで、あえなく絡まれた。

「いいねー。言葉を話せる使い魔か。魔法には詳しくないけど、そういうのってかなり珍しいんじゃないか？　それを使いこなせるリゼは相当な実力を持つ魔女と見た」

「えへへ。わかります？　そうなんですよわたし、すごい魔女なんですよー。名門の生まれとかじゃないんですけどねー」

褒められると素直に喜べるのは美点と言えるかもしれない。リゼの本当のことを知ってるフィアナの視線は冷たいけれど、そのことに気づくのは誰もいなかった。

シュリーはなおも満足げだ。

「そっかそっか。すごい魔女か。それは役に立ちそうだ」

「お役に立てるなら嬉しいんですけど……わたしの魔法が役に立つんですか？」

シュリーの言っていることがよくわからずに聞き返すリゼ。つまり今回の依頼には魔法が絡むということなんだろうか。

実際に魔法を使うのは俺なんだから、もう少し詳しく話を聞かなきゃいけない。幸いにして今のやり取りをきっかけに、シュリーも真面目に話し始めた。

シュリーは今回の元領主の犯罪行為に対して派遣された国の役人の一人だ。治安院の管轄である事件に何故、歴史学者が参加したのかといえば、こういう大規模かつ重大な犯罪が起きた時には助言を求められることがあるかもしれないから、学者が何人か同行するものらしい。

特に今回は金持ちの家を捜索する行為も捜査の一環として行われるわけで。押収した物がなんなのか、事件に関係がある物なのかの判断が必要な場面が出てくる可能性もあるから、複数の分野の学者が参加したのだという。

「今回の事件に限って言えば押収物に関係がある物は少ない。でも、盗品の可能性があったりご禁制の品々が割とたくさん見つかって、それなりに忙しくはあったよ。余罪がどんどん出てくる」

あいつ、他にも悪いことしてたのか。でも、だとしてもそんなに驚かないというのも事実だ。

「それでだ。その仕事もだいたいが終わった。怪しい物は首都に持ち帰って改めて調べる。怪しくない物は新しい領主に委ねる。それから……怪しくはないが、興味深い物を見つけた。ここからのあたしは事件の捜査協力者って仕事を放り出して、代わりに学術院の歴史学者として仕事をする」

今から職務放棄しますみたいな宣言が聞こえた気がするけど、そんな疑問について尋ねる前にシュリーが鞄の中から何かを取り出して机の上に置いた。手のひらに乗るようなサイズの、円筒形をしている何か。高さは俺の体と同じぐらいな気がする。

素材はよくわからない。木でも土でも金属でもない。白い物が経年によって黄ばんだという印象を受ける。円筒形の表面に何やら複雑な紋様が刻まれていた。

「これはアーゼスの印章ですね」

一目見たリゼが当たり前のように言って、シュリーは満足そうに頷く。何やらまた知らない名前が出てきたぞ。

「さすがは魔女。詳しいな。その通り。これは伝説の魔法使い、アーゼス・ティラキアの遺物である可能性が高い」

アーゼスについて説明を聞く。

アーゼスというのは歴史上の人物で、偉大な魔法使いだったそうだ。この国を建国した人物、英雄レメアルドの盟友でもあり、この国の昔話にも広く登場して親しまれている存在だ。

レメアルドが王となった後にも世界各地を回って多くの活躍をして、人々を救い逸話を残した。そういうすごい人間なのだそうだ。

「アーゼスの遺した伝説は数が多く、詳細や舞台がはっきりしないものも多い。真偽すらわからないのがいくらでもあるし、恐らくは後世の創作だろうって話が大量にある。ていうか、本当にあっただろうって話ほど詳しいことがわかってない」

俺からすれば古い時代の人間から見ても、伝説級の過去の話だと言うのなら、そういうものなんだろうな。この世界じゃ出来事を記録する手段も限られてくるし。

「そして、何が正しくて何が間違っているのかを明らかにしてアーゼスの真の姿を伝えるのもあたしたち歴史学者の仕事の一つだ。そして今回これが見つかった」

　印章をさも大事そうに抱えあげるシュリー。

「アーゼスが遺《のこ》した、と言われる物は数多く存在する。逸話とか伝説みたいな語り継がれるものではなく、こういう遺物として現存している物も多い。やはり真偽不明で後世に創作された偽物だと考えられている物も多いけれど、これと同じような印章が他にもいくつか遺されていて、これは紛れもなく本物だって言われている」

「アーゼスは訪れた様々な場所で、困っている人を助けたと言われてます。そして救った人々の中で特に助けが必要とされた者にはこの印章を授けたと言われている。そうですよね？」

「その通りだ。さすがは魔女だな。若いのによく知ってるね。感心だ。……これが印章だとすぐにわかった辺り、もしかして勉強家なのか？　それとも首都育ちで、どこかで別の印章を見てたとか、こういう物語が好きな女の子だったとかかな？」

「ふえっ⁉　し、首都育ちじゃないですよ⁉　首都じゃないとこ育ちです。わたしはただの旅人……じゃなくて、はい。アーゼスはわたしの憧れで大好きで。彼の物語はよく読んでました……」

　相変わらず隠しごとが下手すぎる。リゼは首都育ちの名門のお嬢様だし、本当にこれとは別の物を見てたのかもしれない。でもそれは隠したいことなのだ。

　物語好きなのは本当かもしれないが、勉強家ではないだろう。入学テストも散々だったらしいし。

変なごまかし方をするリゼをシュリーは大して気にしてないようだ。酔ってるからかもしれないし、リゼがアーゼスに詳しいということを気に入って他のことはあんまり目に入ってないのかもしれない。とにかくこの……印章か。これが歴史的に重大な物であるというのはわかった。伝説の魔法使いの遺した物。

「印章ってことはつまりハンコなんだよな？　そうは見えないけど」

「おや？　妖精の世界には印章がないんだな。そりゃそうか」

俺の世界にもハンコはあるし、俺は妖精の国出身ではないのだけれどそれは黙っておこう。説明すると長くなるし面倒だ。シュリーは特に気にした様子もなく説明をする。

「粘土板とかの柔らかい物にこいつを押し付けて転がせば、この模様がそこに移される。そして伝説によると、魔法使いが祈りと共に魔力を込めながらこの印章を使えば、アーゼスは文字通り飛んでくると言われている」

「本当にそんなことがあったんですか？」

「さあ。あたしは実際にその場面は見たことないから」

そりゃそうだ。ものすごく昔の出来事なんだから。俺のバカな問いにもあっけらかんと、だけど一応は真面目に答えてくれたシュリーはさらに続けた。

「ただ、本当にあった可能性は極めて高い。この国中と、それから、一部は国外にまでこの印章と似た物が、似たような伝説と共に伝えられている。お互いに文化的な交流がないと思われる場所だ。いくつかはアーゼスの再来の伝説も残っているから、これは遠く離れた別々の人間たちが偶然に似たような話を近い時期に思いついたと考えるよりは、実際に起こったことだと考えた方が自然だ」

「やっぱり、彼は偉大な魔法使いだったんですね……」

リゼがしみじみと言った。本気で伝説の魔法使いに憧れ尊敬しているという口調。こいつもこんな風になることとってあるんだな。

「それで、そのアーゼスの印章が領主の部屋から見つかった。それはわかりました。俺たちは何をすればいいんですか？　歴史学の貴重な研究対象だから首都に運ぶ、その護衛とかですか？」

このハンコとアーゼスという英雄については少しは理解できた。けれど本題がまだ見えない。俺たちはギルドとして依頼を受けているわけで、肝心のその内容をカイが尋ねた。

「それはそれで意義のあることと言えるだろう。だけどこれが本物であればかなり重要な発見だ。首都に持ち帰ったとなればとりあえず王様に報告しなきゃならないし、となれば王様はこれを気に入るだろうし、国の宝としてしまうだろう。……それはそれでまあ、発見したあたしにとっては名誉なことにはなる。だが国の物にされちゃあ研究がやりにくくなるってわけだ。こいつに関する研究は王様の知らない所で自由にやりたい」

なんか今、国に仕える者としては相応《ふさわ》しくない言葉が聞こえた気がするぞ。いいのか。国に渡すべき物を私物化して好きな研究を勝手に進めて……。

俺以外もだいたいみんな同じ思いなのか、シュリーに視線を送る。

「おおう。誤解しないでくれ。あたしも王様は尊敬してるぞ。こいつは国の宝になるべきだってのも承知の上だ。で、まあ、なんというか。うん。わかった上でだ。……自由に研究がしたい」

最後の「研究がしたい」はとても小さな声だった。どうにも上手くごまかす理屈が思いつかないという様子。

「と、とにかくだ！　あたしは研究がしたい！　ああいや、とにかく大英雄アーゼスの真実の姿とか、知られざる姿とかを明らかにするのが歴史学者としての使命だとあたしは思うんだ。そのためなら、ちょっとぐらい宝を好き勝手使っても許される。うんそのはず。あたしは間違ってない」

「許されると思います！　ていうかアーゼスのことを知るためならやるべきです！」

リゼだけがこのダメな大人に賛同しているぞ。バカがダメな大人と同調してるぞ。

これはまずい。良くないことが起こる。主に俺にとって。

「さすが魔女は話がわかる！　でまあそういうわけだ。この印章について調べたいから、その手伝いと護衛があたしの依頼だ。……実際のところ、ここにあるのは印章だけ。この地方にアーゼスが来たという伝承は残っていない。知られざる伝説があるのかもしれないし、他の地方にあった物がここまで流れてきただけかもしれない。一応これがよくできた偽物の可能性も考えなきゃいけないが、まあそれはそれで。とにかく、こいつに関する真実を明らかにするのがあたしの希望。もしかすると遠くの地域に調査に行くことになって長旅になるかもしれないし、そうなればその分報酬も増やす。やってくれるか？」

「もちろんですよシュリーさん！　一緒にアーゼスの謎を解き明かしましょう！　国とかには任せられません！　シュリーさんじゃなきゃできないことだと思います！」

リゼがものすごい勢いで賛同する。ついでに国宝級の物品を国に黙って持ち続けることも賛成のようだし。

さすが、学友から泥棒して人を異世界に喚び出しても良心が咎めず開き直る奴は言うことが違うな。カイとユーリ、それにフィアナはどうしたものかと小声で話し合いをしてる。本当にこのシュリーという女を信用していいのかもわからない。根っからの悪い人ではないだろうけれど、好きなことに関しては割と無茶をしそうな人間。俺もそういう評価だ。

まあ実際のところ、この印章が国宝になるとしても、今はまだそうではない。だからシュリーが持ち歩くのは何か法に触れるわけではない。

それに学者としてはやっていることは不自然ではない。俺たちはギルドを通して正式に依頼を受けているわけだから、そこになんら後ろ暗いことはないわけで。

依頼自体は受けても問題はないというのが俺たちの結論だった。

もちろん、こういうのはどこかで問題が発生するというか、なんらかのトラブルに巻き込まれることは容易に想像が付くのだけど。でも。

「よしリゼ、今日は飲むぞ！」

「はい！　お酒とかあんまり飲まないですけど今日はがんばります！」

「おいやめろ。お前が酒飲むとろくなことにならなさそうだ」

シュリーと一緒に盛り上がっているリゼを止めるのは困難だろう。

こんな奴だが、偉大な魔法使いに対する憧れは本物だ。俺たちが反対しても、リゼは一人でもシュリーに付いていくだろう。

リゼの使い魔である以上は俺も同行するしかないわけで、それだけだったら心もとなさが半端ではない。だから申し訳ないが、カイたちにもご同行願うしかなさそうだ。

心底楽しそうにエールを飲むリゼの姿に、俺はため息を吐いた。

その後しばらくシュリーとリゼは、酔っ払いながら大魔法使いについて語り合い、俺たちが退屈して眠くなってきた辺りでようやくお開きになった。

シュリーがこの依頼において報酬はきっちり払うというのは本当なようで、今日も宿に二つ、部屋を取ってくれていた。どうせ国の金だから好きなだけ使えばいいと言っていたが、本当に大丈夫なのだろうか。まあ大丈夫なんだろうけれど、この人と組んで仕事をするのが不安になってきた。

ちなみにシュリー自身は他の捜査チームと同じ宿に泊まらないといけないということで、今日は別の宿だ。つまりあの人はまだ、元領主が起こした事件の捜査協力者という立場のはずなんだよな。なのに自分の趣味みたいな仕事を既に始めてる。

いいのか。やっぱり相当ダメな大人なんじゃないかな。

「うへへー。コータ。コータってばー」

「ぐえっ。なんだよ……」

「コータぁー。やっぱコータがいたから、わたしは今こうしてられるんだよねー？」

「わかった。わかったからとりあえず握るな。あと顔つつくなウザい」

完全に酔っ払いながらベッドに寝転がり、俺の体を握って人差し指で顔をツンツンとつつくリゼ。

こいつはやっぱり酔わせちゃいけない。フィアナと顔を見合わせて、これから酒の席があればこいつへの注意は怠らないと誓い合った。

「だってアーゼスだよー？　すごい魔法使いなんだよー？　それについて調べたら、わたしもすごい魔法使いになれるかもー」

「なれないから。歴史を勉強してもお前の才能は変わらないからな。お前は伝説の魔法使いとは別人なんだからな」

「それに、わたしがすごい魔女になればコータを元の世界に戻す魔法も使えるかもしれないし。えへへ。えへへへ……」

そのままぎゅっと、俺の体を両手で胸に抱いたリゼに、俺は返事をしなかった。こいつ、一応は俺のこと忘れてないんだな。俺を元の世界に戻さなきゃいけないってのはわかってるんだな。

わかったよ。あくまで俺が元の世界に戻るために、俺はお前のことを助けてやる。ただしバカな真似だけはしないでくれよ。俺は常に見張ってるからな。なんだかんだ、これから長いことこいつと一緒にいることになりそうだ。何故か、そんな強い予感もある。

だからひとまずは、バカで無能だけれど、一途な所もある、放っておけない俺の主人を、俺は見守っていくことに決めたのだ。

新たな旅立ちに少しばかり興奮しつつ、俺はリゼの体温を感じながら、眠りにつくのであった。

あとがき

元々小説を読むのは好きでした。なろう小説とか、異世界モノというジャンルの存在も知っていました。その手のアニメとか少しは観てました。けど、まさか自分が小説家になろうに登録して異世界小説を書くとは思っていませんでした。

きっかけは些細なことです。ある日突然、「あ、なろう小説書こう」と思いついただけです。他のなろう小説とか読まないままに登録をして、書き始めました。ノリのまま好きなタイプのヒロインを作って、好きなタイプの物語を書き上げたらこうなりました。それなりの数の読者に受け入れられ、今度は書籍化です。何があるかわからないものです。

申し遅れました。はじめまして。そら・そららと言います。

本書は小説家になろうで連載されていた「転移使い魔の俺と無能魔女見習いの異世界探検記」という小説を改題し、一～三章及び四章の冒頭を加筆修正したものになります。最後まで読んだ方は「この突然出てきたシュリーってキャラは誰なんだろ」「印章の話はどうなってるんだ」って疑問に思っていらっしゃるでしょう。それは正しいです。シュリーの登場は、ここから続く壮大な冒険の序章に過ぎません。四章の続き読みたい？　僕も読ませたい。

さて、他に何を書けばいいのでしょうか。

あとがきなんて物はこれまで何度も読んできましたけれど、いざ書くとなれば難しいですね。

小説を読むのはそれなりに頭を使う作業ですし、書くとなればそれ以上の頭脳労働になるはずですけれど、同時にこの作品は本当に楽しみながら書いてました。リゼのバカっぽさとか、それに冷たく接するコータのやりとりとか、ノリと勢いで書いていったらスラスラ進んでいきました。書き始めの時は特にそうでした。幸いなことに多くの読者に恵まれて評価され、こうやって書籍化にまでこぎつけました。やっぱり自分の趣味の赴くままに書くのが大事なんだなあと、書籍化作業をしていて改めて思いました。そんな感じです。


最後に謝辞を。素敵なイラストを書いてくださったフェルネモさん、本当にありがとうございます。僕の中にあった漠然としたキャラクター像をバチッと形にしてくださり、本当に感謝しております。リゼのアホっぽさとか元気っ子な感じとか、大好きです。

書いた作品の書籍化なんて初めてのことで戸惑うことばかりな僕を導いてくださった編集の皆さんにも感謝を。本を作るという行為がいかに大変か。作者の知らないところの苦労もあるのでしょう。尊敬です。

それから読者の皆様。小説家になろうに連載していた頃からの読者さん、あなたたちがいなければ、僕はこうやって本を出していることはなかったでしょう。それからもちろん、今ここでこの文章を読んでいるあなた。物語とは読まれてこそ意味があるものです。この物語に意味をもたせたあなたにも、最大の感謝を表明します。

BKブックス

異世界に魂だけ召喚されたので、無能魔女の使い魔（ぬいぐるみ）として生きます

2020年7月20日　初版第一刷発行

著　者　**そら・そらら**

イラストレーター　**フェルネモ**

発行人　**大島雄司**

発行所　**株式会社ぶんか社**
〒102-8405　東京都千代田区一番町29-6
TEL 03-3222-5125（編集部）
TEL 03-3222-5115（出版営業部）
www.bunkasha.co.jp

装　丁　AFTERGLOW

編　集　株式会社 パルプライド

印刷所　大日本印刷株式会社

ISBN978-4-8211-4561-4